colecção

volumes publicados:

1. Uma Aventura na Cidade
2. Uma Aventura nas Férias do Natal
3. Uma Aventura na Falésia
4. Uma Aventura em Viagem
5. Uma Aventura no Bosque
6. Uma Aventura entre Douro e Minho
7. Uma Aventura Alarmante
8. Uma Aventura na Escola
9. Uma Aventura no Ribatejo
10. Uma Aventura em Evoramonte
11. Uma Aventura na Mina
12. Uma Aventura no Algarve
13. Uma Aventura no Porto
14. Uma Aventura no Estádio
15. Uma Aventura na Terra e no Mar
16. Uma Aventura debaixo da Terra
17. Uma Aventura no Supermercado
18. Uma Aventura Musical
19. Uma Aventura nas Férias da Páscoa
20. Uma Aventura no Teatro
21. Uma Aventura no Deserto
22. Uma Aventura em Lisboa
23. Uma Aventura nas Férias Grandes
24. Uma Aventura no Carnaval
25. Uma Aventura nas Ilhas de Cabo Verde
26. Uma Aventura no Palácio da Pena
27. Uma Aventura no Inverno
28. Uma Aventura em França
29. Uma Aventura Fantástica
30. Uma Aventura no Verão
31. Uma Aventura nos Açores
32. Uma Aventura na Serra da Estrela
33. Uma Aventura na Praia
34. Uma Aventura Perigosa
35. Uma Aventura em Macau
36. Uma Aventura na Biblioteca
37. Uma Aventura em Espanha
38. Uma Aventura na Casa Assombrada
39. Uma Aventura na Televisão
40. Uma Aventura no Egipto
41. Uma Aventura na Quinta das Lágrimas
42. Uma Aventura na Noite das Bruxas
43. Uma Aventura no Castelo dos Ventos
44. Uma Aventura Secreta
45. Uma Aventura na Ilha Deserta

volumes a publicar:
46. Uma Aventura nas Duas Margens do Rio

Ana Maria Magalhães
Isabel Alçada

nas Ilhas de Cabo Verde

Ilustrações de
Arlindo Fagundes

CAMINHO

9.ª edição

UMA AVENTURA NAS ILHAS DE CABO VERDE
(9.ª edição)
Autoras: Ana Maria Magalhães e Isabel Alçada
Ilustrações: Arlindo Fagundes
Capa: Arranjo gráfico da Editorial Caminho
sobre ilustrações de Arlindo Fagundes
Tiragem: 15 000 exemplares
Impressão e acabamento: Tipografia Peres, SA
Data de impressão: Fevereiro de 2004
Depósito legal n.º 33 669/90
ISBN 972-21-0483-7

www.editorial-caminho.pt

*Aos queridíssimos Yuri, Leida, Nancy, Jusara,
Janine, Rui Jorge, José Paulo, Silvanilda,
Hernâni e Paulo Santos*

AGRADECIMENTOS

Para fazermos este livro, tivemos o apoio de várias pessoas a quem queremos agradecer:

Jorge Alfama — do Instituto Cabo-Verdiano do Livro. Foi ele que nos convidou e foi também ele que organizou a nossa viagem com o patrocínio da Unicef.

Alice Matos — do Ministério de Educação de Cabo Verde, que nos acompanhou.

Receberam-nos na ilha de São Nicolau:
Celestino Sanches
João Lopes
Manuel Araújo

Receberam-nos na ilha de Santo Antão:
José Manuel Ramos e Pinto
Lineu Miranda

Receberam-nos na ilha de São Vicente:
Moacir Rodrigues

Receberam-nos na ilha do Fogo:
Aires Borges
Aquino Gonçalves
Fernanda Vera Cruz
António Fernandes
Artur Andrade

Receberam-nos na ilha de Santiago:
Carlos Lopes Vieira
Maria João Vieira

Receberam-nos na ilha do Sal:
Clara Dinis
Luís

Capítulo **1**

Um concurso para a televisão

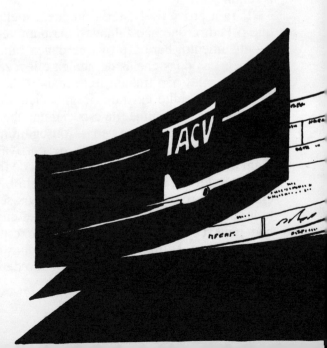

— Chico! Chico! Chico!

As gémeas gritavam como loucas, pulando nas bancadas do estádio onde decorria a última prova do concurso Sabe e Salta, promovido pela televisão.

Tinham formado equipa com os amigos do costume, porque as modalidades estavam mesmo a calhar.

Para a prova de História ninguém melhor do que o Pedro, que não falhava uma data nem um acontecimento. Para a prova de dança funcionariam elas as duas cheias de genica e leveza. Durante um mês não tinham feito mais nada senão treinar ao espelho em fato de ginástica, com os cabelos presos por uma fita especial que lhes ficava muito bem. E valeu a pena. Conseguiram uma pontuação altíssima. As provas desportivas exigiam o conhecimento exacto das regras de três jogos de equipa: vólei, futebol e andebol. João, embora não tivesse grandes dúvidas, pôs-se a estudar afincadamente e cumpriu! Não se enganou nem uma vez, quando chegou a altura de responder às perguntas. Assim, tinham passado duas eliminatórias e atingiram a finalíssima. Tudo dependia

agora do Chico no atletismo. É claro que ele era óptimo em todas as modalidades. Treinava imenso e conseguia resultados muito bons. O pior é que o adversário não lhe ficava atrás.

Na pista corriam agora como dois cavalos velozes, o corpo inclinado para a frente e a testa coberta de gotículas de suor.

Davam o seu máximo para ganhar a prova de barreiras.

Na bancada as «claques» respectivas quase enlouqueciam de tanto gritar:

— Chico! Chico! Chico! — berravam uns.
— Juca! Juca! Juca! — berravam outros.

A corrida estava quase no fim e eles sempre lado a lado. A excitação subiu ao rubro quando, de repente, o destino se decidiu a favor de um. Juca tropeçou na última barreira e estatelou-se ao comprido antes de avançar para a recta final.

Um clamor ecoou pelas bancadas.

— Óóóó...

O público pôs-se de pé, metade lamentando o ocorrido e a outra metade radiante por ver que o seu favorito ia ganhar, sem qualquer dúvida.

Chico porém cortou a meta em desespero. Uma vitória assim tinha um sabor amargo.

— Ganhei porque ele caiu — repetia sem cessar. — Ganhei porque ele caiu.

As gémeas, o João e o Pedro abraçaram-no efusiantes. Naquele momento só lhes interessava gozar a alegria imensa de ficar em primeiro lugar.

O locutor aproximou-se rodeado de fotógrafos e da equipa de filmagem que queria obter grandes planos dos vencedores. Nos ecrãs de televisão, pelo País inteiro, surgiram cinco caras afogueadas, risonhas, bem-dispostas. Depois uma voz feminina foi anunciando os prémios que toda a gente sabia quais eram: um aparelho de vídeo, duas máquinas fotográficas, fatos de treino e equipamento desportivo, da loja Saltaqui que patrocinava o concurso. Mas havia ainda uma surpresa magnífica. A televisão reservara um segredo para o momento da entrega dos prémios. E era isso mesmo que o locutor dizia agora com um sorriso de orelha a orelha:

— Os vencedores têm ainda aqui um envelope mistério! O grande prémio do concurso Sabe e Salta.

Fez-se silêncio. O que seria? Olhares ansiosos fixaram-se nos rectângulos de papel branco que cada um dos elementos da equipa recebeu.

Pedro apalpou o seu envelope. Era bem gordo. Seria dinheiro? Mas ao retirar o conteúdo ficou roxo de alegria. Um bilhete de avião!

— Viagens pagas para umas belas férias nas ilhas de Cabo Verde. Estes nossos amigos — continuou o locutor — vão passar umas férias inesquecíveis!

A partir daquele dia, não se pensou noutra coisa senão na viagem. Foi preciso arranjar a papelada para obter passaportes, tratar dos vistos na embaixada, escolher roupas práticas. Pedro decidiu procurar informações para ir bem documentado sobre Cabo Verde.

Quanto às gémeas e ao João tiveram uma trabalheira, pois meteu-se-lhes na cabeça que haviam de levar os cães. Foram ao aeroporto, andaram de balcão em balcão e afinal podiam ter resolvido tudo pelo telefone. O *Caracol*, como era pequeno, faria a viagem num cestinho, junto das donas. Quanto ao *Faial*, teria que viajar no porão numa embalagem própria para transporte de animais.

Quando chegou o dia Chico era talvez o mais impaciente. Tudo lhe pareceu demoradíssimo. Primeiro era a bicha para pesar as bagagens que não avançava. Depois não queria esperar a sua vez para mostrar o passaporte e passar pelo detector de metais. Já na sala de espera, não tirava os olhos do ecrã onde havia de aparecer a indicação de embarque.

— Nunca mais! Nunca mais!

Não era ele o único naquela disposição. Entre os passageiros havia bastantes jovens de Cabo Verde que iam passar as férias a casa.

Um deles remexia-se inquieto e já várias vezes perguntara à hospedeira:

— Ainda falta muito? Acha que o voo está atrasado?

Ela pouco ligou. Limitou-se a responder com um meio sorriso profissional:

— Não temos informações de qualquer alteração horária.

É claro que a resposta não o satisfez e o rapaz pôs-se a soprar de irritação:

— Pff... estou farto de estar aqui.

Chico meteu conversa:

— Também eu, pá. Detesto esperar. Quando tenho que ir para um sítio o que quero é partir o mais depressa possível.

— Está bem, mas não é preciso ficares nessa ansiedade — disse-lhe o Pedro. — Esta espera no aeroporto é necessária. Já pensaste quantos passageiros leva um avião deste tamanho?

— Não faço ideia. Quantos são?

— Não sei bem, para aí uns cento e tal.

João achou um exagero, as gémeas acharam pouco, mas o rapaz cabo-verdiano sabia exactamente quantos eram.

— Hoje vamos de *Air-bus*. Este tipo de avião pode levar até duzentos e quinze passageiros.

— Tens a certeza?

Ele riu-se.

— A certezinha absoluta. Já fiz tantas vezes a viagem, que para me entreter fui contando os lugares.

— O que é que lá vais fazer? Férias?

— Sim. Vivo em Portugal com a minha mãe, mas o meu pai vive em Cabo Verde e no Verão vou sempre visitá-lo.

— Como é que te chamas? — perguntou o João. — Afinal estamos para aqui a conversar e não sabemos o teu nome.

— Yuri — respondeu ele estendendo-lhes a mão, num gesto simpático. — Sou o Yuri.

Cada um disse o seu nome e continuaram a trocar ideias, passeando de um lado para o outro na sala de embarque.

Yuri era mais ou menos da altura das gémeas. Tinha a pele escura e uma expressão muito viva nos olhos brilhantes, escuros também. O nariz arrebitado dava-lhe um ar atrevido. Falava pelos cotovelos e sabia tudo sobre os dois países a que a sua vida estava ligada. Como o pai era director de um jornal mandava-lhe constantemente notícias e já o tinha convencido a fazer algumas reportagens sobre Lisboa para a página juvenil.

De tudo isso ele falava com um entusiasmo contagiante.

Quando finalmente se encaminharam para o avião, parecia que já se conheciam há séculos.

Capítulo 2

Personagens
inquietantes

Pedro instalou-se à janela com o Chico ao seu lado. Apertaram os cintos de segurança, endireitaram as costas da cadeira e aguardaram. As hospedeiras iam indicando os lugares marcados, ajudavam as pessoas a meter a bagagem de mão nas bagageiras, procurando resolver qualquer problema que pudesse surgir. Vários grupos avançavam pela coxia falando em diversas línguas.

— Olha aqui esta revista, Chico. Tem um mapa com as rotas da TAP.

— Mostra cá.

Pedro abriu as páginas em cima dos joelhos e os dois rapazes inclinaram-se para o desenho onde se cruzavam riscos vermelhos a assinalar viagens aéreas.

— Os mapas fazem-me sempre sonhar com terras longínquas, sítios desconhecidos, paisagens estranhas e perigosas.

— Desta vez não te podes queixar, Pedro, vamos para bem longe.

— Pois é, apetece-me imenso dar um mergulho nas águas quentes do Sul. Visitar ilhas exóticas. Acho que nos vamos divertir imenso.

A conversa foi interrompida por uma voz que

anunciou a descolagem. Com uma barulheira infernal o avião deslizou na pista e ganhou altura. Estava um dia lindo e pela janela via-se a cidade cada vez mais pequena, o mar ao longe e a imensidão azul do céu. Não havia nem uma nuvem!

As gémeas tinham ficado nos bancos do meio com o João e o *Caracol*, que ao princípio estava assustadíssimo mas depois serenou. Yuri ia instalado mais à frente, mas assim que deram autorização para circular levantou-se, pois era incapaz de estar quieto. Muita gente fez a mesma coisa, o que desagradou bastante à tripulação. Era muito mais fácil servir as bebidas e os almoços se cada um se mantivesse no seu lugar, mas não podiam impedir as pessoas de se mexerem.

— Sempre que temos muita miudagem a bordo é esta balbúrdia — resmungou alguém.

De facto, já se tinha formado uma bicha para a casa de banho, quatro raparigas riam à gargalhada todas debruçadas para trás onde iam as amigas, e duas crianças pegaram-se ao estalo por causa de um chocolate que ambas cobiçavam.

Foi com bastante dificuldade que Yuri conseguiu furar por entre a coxia e chegar-se ao pé deles.

— Vão bem instalados? — perguntou.

— Muito bem. Quanto tempo demora a viagem, sabes?

— Três horas e meia.

— Hé, tanto tempo — resmungou a Luísa.

— Vais ver que passa num instante.

Caracol parecia partilhar da impaciência da dona, pois esticou a cabeça para fora do cesto e soltou um latido.

— Au.
— Está quieto — disse a Teresa. — Não podes incomodar as pessoas.

Mas o cão pouco ligou. Agitou-se inquieto, e de repente saltou para cima dos passageiros do lado que reagiram muito mal.

— Estúpido! Cão estúpido! — berrou um homem aplicando-lhe imediatamente um safanão.

As gémeas viraram-se para ele furiosas. Também não era motivo para tratarem assim o animal. E iam pôr-se a discutir quando o assistente de bordo se aproximou com o carrinho. Para serenar os ânimos tinham decidido servir os almoços antes da hora prevista. Yuri teve que regressar à sua cadeira, e as gémeas receberam cada uma o seu tabuleiro de comida. Não tinham fome mas as caixinhas de alumínio e os embrulhos de celofane bem recheados de pãezinhos, triângulos de queijo, bolachinhas e carnes frias abriram-lhes imediatamente o apetite. No entanto, continuaram a olhar de soslaio para os vizinhos do lado. Eram dois homens bem estranhos. Um deles muito gordo e de feições inchadas parecia um autêntico porco de borracha. Usava o cabelo cortado à escovinha e tinha uns olhos azuis tão salientes que fazia impressão. O outro era completamente diferente. Esquelético, moreníssimo, vinha vestido de branco da cabeça aos pés e trazia ao pescoço uma corrente de ouro maciço. Tinha as mãos ossudas cobertas de anéis e no punho esquerdo ostentava ainda uma pulseira com forma bizarra. Era tal e qual uma algema. Falavam entre si em italiano, mas sabiam meia dúzia de palavras em português.

Durante todo o tempo que durou o almoço não pararam de pedir bebidas extras, que bebiam de um trago soltando desagradáveis estalos com a língua.

— Quando desembarcarmos, vão bêbados — sussurrou o João.

— Se calhar já vinham tontos — respondeu-lhe a Teresa ainda aborrecida com a atitude do gorducho. — Não viste como ele tratou o *Caracol*? Coitadinho.

Por estranho que pareça, *Caracol* parecia irremediavelmente atraído por aqueles indivíduos. Assim que pôde esgueirou-se outra vez e passou-lhes por cima. Só nessa altura repararam num rapaz cabo-verdiano que os acompanhava, todo encolhido no último banco. Foi no seu colo que o cão se aconchegou. Ele recebeu-o com carinho e lançou-lhes um olhar de tal forma intenso que ficaram pasmados.

«O que terá aquele tipo?», pensou o João, «parece assustado.»

As gémeas acotovelavam-se, perplexas.

— Reparaste?

— Que gente esquisita — disse a Luísa entredentes.

De boa vontade teriam interpelado o rapaz que se agarrava ao *Caracol* como se daquele bichinho indefeso lhe pudesse vir alguma ajuda. Mas foi impossível. Os homens viraram-se de forma a impedir a comunicação e disseram-lhe qualquer coisa em voz baixa num tom muito áspero. Ele baixou a cabeça e limitou-se a deixar que lhe tirassem o animal do colo. Depois ficou imóvel e escondeu a cara entre as mãos.

A cena tinha sido tão inesperada que tanto o Pedro como o Chico ficaram também à espreita.

— Por que será que o rapaz vai ali todo encolhido?

— Achas que ele queria falar connosco e não o deixaram?

— Viste como se agarrou ao *Caracol*? Os homens ficaram fulos — disse a Teresa —, não percebo porquê.

— Se calhar é alérgico ao pêlo dos animais e tiveram medo de um ataque de asma.

A ideia do Pedro fê-los olhar aquele trio com redobrada atenção. E quanto mais olhavam menos percebiam. Dificilmente pertenceriam à mesma família, porque eram muito diferentes. E de uma coisa não havia dúvida, o rapaz sentia-se mal na companhia daqueles homens. Contudo, obedecia-lhes cegamente.

— Vou convidá-lo para jogar às cartas, a ver o que é que acontece — disse o Chico.

Determinado, levantou-se e encarou-o de frente. No entanto, não lhe foi possível pôr o plano em prática, pois o homem vestido de branco percebeu a sua intenção e abriu um jornal de forma a tapar a cara do miúdo. Ficaram todos fulos.

— Fez de propósito — murmurou a Teresa.

— Achas?

— Claro, não querem que ele fale com ninguém.

— Mas porquê?

— Sei lá.

Embora com dúvidas passaram o resto da via-

gem a espiá-los. Era óbvio que o pobre tinha qualquer problema, e que o impediam de comunicar, pois nem à casa de banho o deixaram ir sozinho.

— Será que o raptaram? — perguntou a Luísa, enervadíssima. — E se falássemos ao comandante?

— Estás doida! Não se raptam assim as pessoas. Para estar aqui tem que ter passaporte, papelada, autorização dos pais.

— Mas passa-se qualquer coisa. Isso garanto-te.

— Está bem, mas o que é que podemos fazer?

— Se calhar é imaginação nossa.

As dúvidas persistiram até ao fim do voo. Só quando puseram o pé em terra no aeroporto da ilha do Sal confirmaram todas as suspeitas.

Os homens avançaram pela pista um de cada lado, com o rapaz ao meio. Mas ele devia ser bem esperto pois arranjou maneira de lhes enviar uma mensagem inequívoca. Apanhou um fósforo do chão e desenhou na pele escura do seu próprio braço três letras: SOS. Depois disfarçadamente virou o braço para trás.

— Pedro! Ele está a pedir socorro.
— Temos que fazer qualquer coisa.
— Mas o quê?

Aflitíssimos viram-no desaparecer no meio da multidão.

Precipitaram-se atrás dele para a sala onde haviam de recolher as bagagens.

— Não os percas de vista! Não os percas de vista!

Não era fácil. Havia muita gente, começavam a chegar as bagagens no tapete rolante e a barafunda crescia, pois entretanto aterrara mais um avião.

De qualquer forma, agora tinham a certeza de que o rapaz corria perigo e precisava de ajuda. Era impossível ignorar a mensagem universal que escrevera no braço: SOS.

— Tive uma ideia! — exclamou o Chico de repente. — Venham todos comigo!

Capítulo 3

Pancadaria no aeroporto

— Vamo-nos pegar à pancada uns com os outros.

— Hã?

— Se armarmos uma grande zaragata, avançamos por aí dentro aos encontrões e conseguimos chegar ao pé daquele rapaz e perguntar-lhe o que quer. Vem ali o meu saco no tapete rolante. Tu, Yuri, deita-lhe a mão e diz que é teu.

— E nós? — perguntou o João.

— Vocês gritam, empurram. Uns ajudam-me a mim, outros ajudam-no a ele.

A perspectiva de entrar em acção agradava a todos. Chico humedeceu os lábios com a ponta da língua e disfarçou um sorriso.

— Agora! — exclamou baixinho.

Os dois rapazes precipitaram-se sobre o saco verde e lançaram a mão às pegas.

— É meu!

— Mentiroso. Queres-me roubar a bagagem...

As pessoas em redor voltaram-se admiradas. Não era costume haver brigas. Mesmo quando alguém se enganava, depressa se esclareciam as dúvidas. Mas aqueles miúdos pareciam loucos. Já tinham atirado um monte de malas ao chão e lu-

tavam de uma forma bem esquisita! Davam puxões na roupa, nos cabelos, gritando sem parar:
— Ladrão!
— Mentiroso!

Quando um empregado correu a separá-los, a cena tornou-se totalmente absurda. Subiram para o tapete rolante e continuaram à cabeçada, seguidos por mais dois rapazes, duas raparigas e um cãozinho branco. Os funcionários não queriam acreditar no que os seus olhos viam. Muitos passageiros riam, outros reclamavam e um grupo de jovens resolveu aplaudir.

Foi assim que no meio da maior balbúrdia conseguiram rebolar até ao canto onde os homens mantinham o rapaz semiescondido. A violência com que se empurravam uns aos outros apanhou-os de surpresa. E assim Pedro caiu em cima de um, Chico deu uma cabeçada noutro e as gémeas conseguiram aproximar-se o suficiente para ouvirem um queixume em surdina:

— Chamo-me Mário, vou para o Tarrafal. Ajudem-me, por favor.

Infelizmente não houve tempo para mais. Vários empregados acorreram àquele canto e imobilizaram-nos.

— O que vem a ser isto? — perguntaram com cara de poucos amigos.

Enquanto eles balbuciavam desculpas tolas, com os cabelos e as roupas em desalinho, os italianos retiraram-se levando Mário consigo.

As horas seguintes foram difíceis. Em vez de seguirem viagem ficaram retidos numa sala do aeroporto, onde um agente da polícia os submeteu a um interrogatório cerrado. Nenhum deles conseguiu inventar uma história convincente, de modo que os tomaram por desordeiros, fartaram-se de ralhar e ameaçaram que se continuassem a fazer distúrbios os mandariam de volta para casa. Os ânimos só serenaram quando apareceu a guia da agência de viagens que estava encarregada de os receber. E a guia era amorosa! Alta, magra, muito elegante, com a pele cor de café com leite clarinho, olhos risonhos e uma voz tão doce que era um gosto ouvi-la. Começou por se apresentar:

— Eu sou a Clara. Bem-vindos a Cabo Verde.

O polícia pô-la a par do sucedido, mas ela limitou-se a sorrir:

— Gente nova tem energia a mais — murmurou entredentes —, se eu não me tivesse atrasado nada disto teria acontecido.

Depois encaminhou-os para o edifício da agência e instalou-os comodamente num sofá. Embora não fizesse parte do grupo, Yuri foi ter com eles.

— Ora vamos lá a ver, tenho aqui comigo esta gente simpática que ganhou um concurso da televisão. Não é verdade?

— É — responderam todos em coro.

Yuri engoliu em seco.

— Bem, eu não faço parte. Conhecemo-nos pelo caminho.

— Já sei, já sei. Fizeram amizade de uma forma bem tempestuosa. Mas isso agora não interessa. Vamos tratar do resto da viagem.

Pôs uma pasta em cima da mesa, de onde retirou uma série de envelopes com bilhetes de avião e outra papelada.

— Como sabem, a comunicação entre as ilhas faz-se de avião. Tenho aqui passagens para vocês escolherem por onde querem começar o *tour*. Escolho eu o percurso ou já têm projectos?

— Já temos — atalhou a Luísa, precipitadamente.

— Ai sim? E quais são?

Para grande espanto da guia, responderam todos em coro.

— Queremos ir ao Tarrafal!

— Com certeza. Mas qual é o Tarrafal que lhes interessa?

O único para quem a pergunta fazia sentido era Yuri. Ele sabia muito bem que em Cabo Verde havia três terras com esse nome. Uma na ilha de Santiago. Outra na ilha de São Nicolau e outra na ilha de Santo Antão. Em qual dela haviam de procurar o pobre rapaz que lhes pedira ajuda?

Vendo que ninguém respondia, Clara optou por lhes mostrar um mapa do arquipélago e foi apontando as várias ilhas.

— Ora vejam lá... Escolham.

Mas escolher como? Para onde teriam levado Mário? Incapazes de decidir, continuaram em silêncio.

— O mais certo é terem ouvido falar da praia do Tarrafal que fica na ilha de Santiago — disse a guia. — É uma das mais bonitas da nossa terra. A água é morna, a areia é branca, tem coqueiros e forma uma baía lindíssima, nada perigosa.

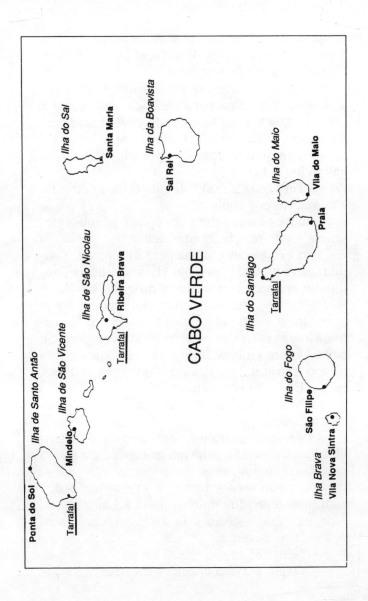

Se quiserem até podem lá dormir, porque há uns *bungalows* para alugar. É só fazer um ou dois telefonemas e resolve-se tudo.

Eles entreolharam-se na dúvida. A ideia era tentadora, mas uma zona turística seria o lugar mais adequado para se esconderem? O rapaz seria mesmo prisioneiro? Que história diabólica!

— Temos que começar por algum lado — balbuciou o Pedro.

— Tens toda a razão! Sigam o meu conselho e comecem por aqui.

Sem lhes dar hipótese de réplica, pegou no telefone e pôs-se a fazer marcações.

Yuri exultou. A escolha permitia-lhe que continuassem juntos, pois o pai vivia na ilha de Santiago e era para lá que ele se dirigia.

— Pronto, está tudo arranjado. Às duas horas apanham o avião para a cidade da Praia. No aeroporto vão estar duas pessoas à vossa espera. Se conseguirem arranjar transporte vão hoje mesmo para o Tarrafal, que fica do outro lado da ilha.

— E se não conseguirmos?

— Nesse caso ficam num hotel óptimo e seguem amanhã.

As gémeas agitaram-se impacientes. Ainda tinham na cabeça as palavras ansiosas com que o rapaz pedira ajuda.

— Se não o encontrarmos à primeira, continuaremos à procura dele — disse a Luísa ao ouvido da irmã. — Não saio de Cabo Verde sem deslindar o mistério.

— Nem eu!

— Oxalá o avião chegue depressa!

Capítulo **4**

Uma mensagem na areia

O avião parecia um brinquedo! Era minúsculo, com duas hélices e uma escadinha de metal desdobrável. Só tinha lugar para vinte pessoas e alguma bagagem. Um quilo a mais ou a menos fazia imensa diferença. Era portanto necessário pesar tudo. Malas, sacos, pessoas, animais. E além disso havia que distribuir o peso de forma equilibrada para não pôr o voo em risco. João e *Faial* foram mandados sentar do lado direito para fazerem contrapeso a uma senhora gordíssima que transportava um cesto de comida. As gémeas e o *Caracol* valiam o mesmo do que um rapaz cheio de máquinas ao ombro. Pedro e Chico foram considerados equivalentes e instalaram-se no banco de trás com Yuri ao meio.

— Achas que isto voa? — perguntou o Chico com um sorriso amarelo.

— Não só voa como é seguríssimo — respondeu Yuri. — Estes aviões pequeninos têm uma particularidade. Se os motores falharem, não caem a pique, vão planando até aterrar.

— A sério? — perguntou a Luísa virando-se para ele.

— Sim, acho que já aconteceu uma vez ou duas.

Pedro olhou pela janelinha redonda, vagamente inquieto. Não lhe apetecia nada que os motores parassem. Não tinha a menor vontade de planar ao sabor do vento. E se isso acontecesse aterravam aonde? Na água! Só com muita sorte se salvava alguém, naquele mar infestado de tubarões. Mas para não assustar os amigos preferiu calar-se e o avião lá seguiu direitinho na sua rota.

— Já estamos a perder altura — disse o João que ia atento aos movimentos do piloto. — A viagem é rápida.

Vista do ar, a ilha de Santiago era uma grande mancha de contornos escuros, cada vez mais nítidos à medida que se aproximavam.

Com o silvo agudo habitual aterraram sem qualquer novidade. Nenhum deles confessou o alívio que sentiu ao pôr os pés em terra! E tal como Clara tinha dito havia duas pessoas à espera deles. Mas que surpresa! Em vez de mandarem adultos tinham escolhido duas raparigas da mesma idade. Chamavam-se Leida e Nancy. A mais velha assim que os viu aproximou-se.

— Vocês é que ganharam o concurso da televisão?

— Sim — disse a Luísa admirada —, como é que nos reconheceste logo?

— Muito fácil. O programa também passou cá.

— Vocês foram sensacionais — disse a outra, olhando Chico com admiração —, eu também pratico atletismo, sabes?

A conversa não podia começar melhor. Toda a gente gosta de ouvir elogios e a ideia de ter sido vedeta não só nos ecrãs do seu próprio país como no estrangeiro, era agradabilíssima. Teria sido fácil estabelecerem boas relações de amizade e divertirem-se todos juntos por ali se não viessem com a preocupação de procurar Mário no Tarrafal.

As raparigas bem tentaram fazer propostas:

— Talvez fosse interessante começarmos por visitar a cidade. Podíamos ir ao centro dar uma volta para ficarem a conhecer...

— Ou então, se preferem, vamos para o Hotel Praia-Mar. É lá que ficam instalados. E ficam muito bem porque tem piscina e praia mesmo ao lado. É só escolher onde querem tomar banho.

— Para logo à noite tínhamos previsto uma festa. Há imensa gente que gostava de vos conhecer.

Eles ouviram consternados. Leida e Nancy eram amorosas. Tinham organizado tudo para os receberem da melhor maneira possível, e afinal de contas iam ter que recusar. Foi Pedro quem tomou a palavra, de olhos baixos:

— Nós agradecemos muito — gaguejou — mas..., mas..., o que queríamos era ir hoje mesmo para o Tarrafal.

— Hoje não é possível. Temos uma carrinha, mas só fica livre amanhã de manhã.

— Bem cedo? — perguntou o João ansioso.

As duas irmãs cruzaram um olhar rápido, de estranheza.

Não eram lá muito bem-educados, aqueles visitantes. Ofereciam-lhes um programa divertido e eles só queriam ir a correr para o Tarrafal.

Para complicar mais as coisas apareceu Yuri que entretanto tinha corrido a abraçar o pai. Vinha radiante de braço dado com ele. E perguntou:

— Então, já arranjaram transporte?

«Outro tontinho», pensou Leida, «quem será?»

Apesar de se ter gerado uma situação algo embaraçosa, as gémeas fizeram as apresentações. Antes de se separarem convidaram Yuri a acompanhá-los. Ele ainda hesitou. Já não via o pai há três meses e estava cheio de saudades. Mas a curiosidade foi mais forte. Iriam encontrar o rapaz? Seria possível fazer alguma coisa para o ajudar? Haveria de facto um mistério ou apenas um mal-entendido fácil de esclarecer?

— Vou com vocês, sim. O meu pai deixa.

No dia seguinte foi um grande grupo que partiu para o Tarrafal. Mas nem por isso iam muito animados. Como não podiam falar à vontade à frente das guias o diálogo não se estabeleceu. Elas bem tentaram chamar-lhes a atenção para os sítios por onde iam passando. Havia enseadas de rocha, pequenas praias, zonas muito secas, bananais e uma ou outra povoação.

Nada parecia interessar-lhes. De vez em quando perguntavam:

— Ainda falta muito?

Foi portanto com um suspiro de alívio que anunciaram por fim:

— Já chegámos, é aqui!

A carrinha imobilizou-se na encosta e eles saltaram cá para fora em ânsias.

Olharam em volta, mas a sua atitude não era

a de quem chega para passar férias. A praia era de facto linda. Formava uma espécie de baía funda, com coqueiros e palmeiras. O acesso fazia-se por uma rampa de pedra em declive, e no topo havia uma esplanada muito agradável com vista para o mar. Foi para lá que se dirigiram, como que hipnotizados. Teresa, de braço dado com a irmã, repetia numa grande excitação:

— Acertámos! Acertámos!

Depois juntaram-se todos em monte, de olhos fixos num homem gordo que bebia cervejas com ar plácido de costas para a entrada.

Leida e Nancy não aguentaram mais.

— Desculpem lá, mas têm que nos explicar o que é que se passa!

Eles ficaram embaraçadíssimos. Era impossível continuar a fingir que não havia nada de especial no seu comportamento! Depois de terem pedido por tudo para os levarem para aquela praia, em vez de correrem para o areal a dar um belo mergulho, ficavam feitos parvos a ver um gorducho diante de uma mesa cheia de copos vazios? Não havia história que pudesse justificar. Só a verdade.

Pedro consultou os outros com o olhar. Mas todos perceberam que ele já tinha decidido. Ia pô-las ao corrente da situação.

— Fiquem aqui e não percam o homem de vista — disse em voz baixa. — Mas com discrição, hã? Eu vou ter uma conversinha em particular com estas nossas guias.

Luísa acenou que sim e propôs:

— Sentamo-nos naquele canto e pedimos la-

ranjadas. O homem não está à espera de nos ver aqui, talvez não repare em nós.

Pedro conduziu Leida e Nancy para o muro em frente. Dali avistavam os barcos de pesca, espécie de pequenas traineiras coloridas muito bem alinhadas à beira-mar. Um grupo de pescadores arrastava um peixe negro, tão grande e carnudo como ele nunca tinha visto! Pousaram-no sobre um estrado de madeira e começaram a esquartejá-lo com grandes facalhões. As postas que arrancavam pareciam de carne e não de peixe. Eram pedaços enormes de um vermelho-escuro de sangue. Embora estivesse ali para lhes contar uma série de coisas estranhas, não resistiu e perguntou:

— Que peixe é aquele?

Elas riram-se, divertidas.

— Não sabes? É atum! Nada mais vulgar cá na nossa terra. Em Portugal não há?

— Acho que sim. Mas eu nunca vi e quando penso em atum, penso em lascas cor-de-rosa dentro de uma lata de conserva!

O rumo inesperado da conversa deixou-os de repente mais à vontade. Juntaram as cabeças de modo a falarem sem ninguém os ouvir. Pedro contou-lhes então a história do encontro com Mário. Ao princípio mostraram-se desconfiadas, não queriam acreditar. Mas ele insistiu, referindo-se às provas.

— Escreveu mesmo SOS no braço? — perguntou Leida, cheia de medo que a estivessem a gozar.

— Escreveu, juro!

— E não seria uma brincadeira?
— Não! Bastava olhar para ele. Tinha uma expressão aflita. E depois ainda há a frase que disse às gémeas no aeroporto.
— Disse «vou para o Tarrafal, ajudem-me por favor»?
— Disse. As gémeas não mentem.

Leida encolheu os ombros, ainda na dúvida.
— Repara uma coisa, Pedro. Eu não estou a dizer que vocês são mentirosos. O tal Mário é que pode ser um grande fiteiro.
— Mas qual era o interesse dele em fazer fitas assim com desconhecidos?
— Pode ter querido divertir-se à vossa custa.
— Ou então — sugeriu Nancy — talvez viesse para aqui de férias sozinho com dois tios velhos e chatos. Como não estava para os aturar, pode ter resolvido criar um mistério. Há pessoas com uma imaginação delirante!
— Pois é, já pensaste? Se ele conseguisse convencer alguém de que estava a ser raptado, tornava-se herói de um momento para outro.
— Aliás, já tornou. Afinal de contas, estamos no Tarrafal à procura dele. E não somos tão poucos como isso.

Nancy contou pelos dedos:
— Quatro raparigas. Quatro rapazes. Dois cães. Isto para não falar no motorista da carrinha.

Pedro ouvia-as sem se deixar convencer.
— Vocês estão a raciocinar assim porque não assistiram. Se tivessem visto a expressão daqueles olhos ficavam impressionadas. Mas mesmo que fosse tudo fita, há que considerar a atitude

dos homens. Quando nós tentámos falar com o Mário eles meteram-se sempre de permeio. Quando o rapaz quis ir à casa de banho foram com ele e ficaram à porta à espera. Conhecem alguém que vá levar um matulão à casa de banho?

— Hum... lá isso é verdade.

— E aquele gordo que está na esplanada é mesmo um deles? — perguntou Leida.

— É. Tem umas feições tão vincadas que não há confusão possível.

Automaticamente olharam na direcção da esplanada. O gordo levantara-se e estava a pagar a despesa. Chico fez-lhes um sinal de longe como quem diz «vamos segui-lo». Pedro anuiu. O homem desceu a rampa em direcção à praia. Quando chegou lá abaixo tirou os sapatos, as meias e pôs-se a andar pela areia molhada como se quisesse apenas refrescar-se. Não estava muita gente na praia. Ao fundo, um grupo de rapazes jogava à bola animadamente, três ou quatro famílias apanhavam banhos de sol, enquanto um par de namorados se entretinha a dizer segredinhos. Era muito fácil mantê-lo debaixo de olho, e para onde quer que fosse podiam segui-lo. Sendo assim, porque não dar um mergulho? A ideia ocorreu a todos, porque estavam cheios de calor. Atiraram com a roupa e precipitaram-se para as ondas mansas, mornas, orladas de espuma branca. *Faial* seguiu-lhes o exemplo com alegria. Só *Caracol* preferiu ficar à beirinha limitando-se a molhar as patas. Foi um banho delicioso, mas não durou muito. O homem, depois de andar para trás e para a frente um bom bocado, encaminhou-se para os coqueiros. Não perceberam logo por que motivo a meio do caminho largou a correr desvairadamente. Mas quando lhe foram no encalço tiveram que fazer o mesmo. A areia escaldava torrando-lhes as solas dos pés!

Debaixo dos coqueiros havia os tais *bungalows*, pequenas casinhas com uma porta e duas janelas.

Na primeira dormitava um turista muito louro e pouco habituado ao sol, pois tinha a pele num estado miserável. As outras estavam fechadas. O gordo encaminhou-se para a última de todas. Agachados debaixo de um coqueiro viram-no rodar a chave na fechadura e entrar.

— Já sabemos onde estão — disse o Chico —, e agora?

— Vamos espreitar por uma janela a ver se o Mário está lá dentro.

— Vou eu e levo o *Faial* — propôs o João —, se vir que o rapaz está preso ou maltratado resolvemos tudo já. Atiço-lhes o cão e pronto.

— Nem pensar nisso, João. Temos que agir com muita calma.

— Porquê?

— Porque nem sequer sabemos em que história é que estamos metidos. Se atiçares o cão contra dois homens que não te fizeram mal algum ainda vem a polícia e nós é que ficamos metidos num sarilho.

— Se viesse a polícia até era bom. O Mário contava o que se passa e os tipos iam presos.

— Isso não é assim tão simples. Nós nem sabemos se o Mário está lá dentro. Supõe que eles o esconderam noutro sítio? Se desconfiarem que andam a ser vigiados nunca mais o encontramos.

— Tens razão. Nesse caso fiquem aqui com os cães que eu vou sozinho, pé ante pé, e espreito pela janela.

Não foi possível porem o plano em prática, porque a porta abriu-se e apareceram os dois italianos na ombreira. Mas não estavam sós. Havia um outro homem com eles e discutiam qualquer coisa em voz baixa. Muito quietos, deixaram-se ficar ocultos pela folhagem a ver o que acontecia. O trio continuou a conversar e afastou-se ligeiramente. De súbito, e para alvoroço geral, Mário assomou à porta.

— Olhem! — exclamou a Luísa. — Ele está ali.

— Vamos falar com ele?

— Solta o *Caracol* — sugeriu o Pedro. — Se ele o vir percebe que estamos aqui. Tenho a certeza de que se puder vem ter connosco ou faz-nos algum sinal.

— Boa ideia.

Teresa deu-lhe duas palmadinhas no lombo.

— Vai, *Caracol*! Vai ter com o Mário, anda!

No seu posto de vigia todos puderam constatar a alegria imensa do rapaz quando reconheceu o cão! Mas também não havia dúvida de que estava assustado, pois não se atreveu a tocar-lhe e olhou ansiosamente em todas as direcções.

Os italianos não repararam em nada pois naquele momento despediam-se do visitante. Chico assobiou de mansinho:

— Fiu...

Mário fixou imediatamente o coqueiro e acenou-lhes de uma forma discreta, como quem diz «deixem-se estar onde estão». Devolveu-lhes o *Caracol*, pegou num pauzinho e pôs-se a desenhar qualquer coisa na areia.

— Está-nos a deixar uma mensagem! — balbuciou Yuri. — Não quer que a gente se aproxime.

— Deve ser isso mesmo — concordou o Pedro. — Logo que o caminho estiver livre vamos ver o que ele escreveu.

O caminho ficou livre muito mais depressa do que esperavam porque daí a nada os homens regressaram ao *bungalow*, pegaram na bagagem, fecharam tudo e foram-se embora. Como de costume, Mário ia no meio deles, sob controlo. Ainda olhou para trás uma ou duas vezes, mas não chamou ninguém nem pediu ajuda.

Assim que se afastaram o suficiente saltaram todos do esconderijo e correram em direcção ao local da mensagem, com o coração aos pulos.

E o que viram deixou-os perplexos.

— Oh!!
— Meu Deus, o que é isto?
— Incrível!

Mário não tinha escrito nada. Tinha desenhado.

— Por que será que ele não escreveu?
— Acham que será...
— Uma bandeira de piratas! — exclamaram as gémeas.
— Quem é que decifra esta mensagem?

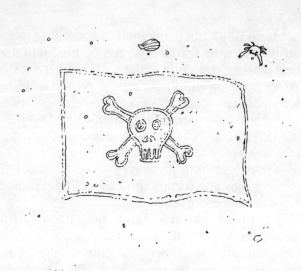

Capítulo **5**

Na pista dos italianos

Desesperados puseram-se a andar à roda do desenho.
— O que é que isto quer dizer? Piratas?
— Sim — disse a Teresa. — Não vejo outra explicação. Mas para falar com franqueza, aqueles dois trambolhos parecem tudo menos isso!
— Porquê?
— Sei lá!
Luísa pôs-se a gozar:
— Já estou a perceber. Quando tu pensas em piratas, imaginas logo homens altos, fortes, barbudos, com um lenço na cabeça, brinco na orelha e perna de pau...
— Não sejas parva!
— Parva és tu!
Chico resolveu intervir para que a discussão não azedasse:
— Parem lá com isso e vamos raciocinar juntos, está bem?
As gémeas baixaram a cabeça e disfarçaram. Realmente não era boa altura para se porem aos berros uma com a outra. Sentiam-se nervosas e apetecia-lhes disparatar um bocado. Se estivessem em casa sozinhas, seria uma festa de portas

a bater e almofadas a voar. Depois, com algumas lágrimas à mistura, acabava tudo em bem. Mas nem estavam em casa nem estavam sozinhas. Não tiveram portanto outro remédio senão dominar-se. Muito vermelhas e cabisbaixas ouviram os outros a debater o assunto.

— Talvez ele nos tenha querido dizer que aqueles homens vão cometer um acto de pirataria — sugeriu o Pedro —, o que é que acham?

— Pode ser.

— Olha lá — perguntou Yuri —, o que é que tu entendes por «acto de pirataria»?

Pedro riu-se.

— De facto pode ser muita coisa.

Leida meteu-se na conversa:

— Vocês estão a pensar em piratas antigos ou modernos?

— Hã?

— Tudo depende da época. Antigamente, quando se falava em piratas, toda a gente pensava no mesmo: ladrões do mar. Agora já não é assim. Temos a pirataria aérea, por exemplo. Ou a cassete-pirata. As palavras evoluem, mudam de significado ao longo do tempo. É por isso que nos está a ser difícil decifrar esta mensagem.

— Mas quem grava cassetes-pirata não usa caveiras e tíbias para se identificar!

— Nesse caso temos que concluir que o desenho se refere a piratas antigos.

— Já sei! — exclamou Nancy assombrada com a sua própria descoberta. — A mensagem só pode ter um significado!

— Qual? — perguntaram todos em coro.

— Ele quis-nos dizer para onde ia.
— Hã?
— Sabes para onde ele foi?
— Acho que sim. Foi para a Cidade Velha.
— Porquê?
— Porque é o sítio desta ilha que mais se relaciona com ataques de piratas!
Leida corroborou:
— É um local histórico e uma atracção turística... ([1])
— Nesse caso — disse o Pedro —, vamos já para a Cidade Velha!

Sem perda de tempo, fizeram o caminho inverso numa grande correria. Ofegantes, subiram a ladeira de pedra até à praceta onde tinham deixado a carrinha. Tencionavam pedir ao motorista que arrancasse a uma grande velocidade. Mas onde é que ele estava? Do motorista, nem sinais. Procuraram-no na esplanada, perguntaram a toda a gente e ninguém sabia do seu paradeiro.

— Um homem alto, vestido de azul? Esteve aqui a beber uma cerveja mas depois foi-se embora.
— Para onde?
— Não faço ideia.
— Deve andar aí pela vila.

Ora a vila do Tarrafal não era tão pequena como isso. Impossível ir bater a todas as portas

---

([1]) As histórias de piratas relacionadas com a Cidade Velha encontram-se na parte final deste livro, nas pp. 221--222.

à procura dele. A única hipótese era portanto esperar.

— Que fúria!

— O pior é se perdemos o contacto com o Mário.

— Pois é, se a Cidade Velha for só um lugar de passagem nunca mais o encontramos!

— E ele precisa de ajuda!

— Por que será que só comunica connosco de forma tão misteriosa? Há bocado podia ter dado uma corrida até aos coqueiros e falar directamente.

— Ainda por cima tínhamos os cães. Se viessem buscá-lo à força, dávamos-lhe toda a protecção.

— Só pode haver um motivo para ele não ter feito isso.

— Qual é?

— Os homens devem ser perigosíssimos e ter armas.

Fez-se silêncio. A palavra «armas» sempre mete respeito. Diante de uma pistola, nem o *Faial* lhes seria de qualquer utilidade.

— Temos de agir com cuidado — lembrou o João —, mas não gostava de lhe virar as costas.

— Nem nós!

— Mas como é que o podemos ajudar se o maldito motorista desapareceu?

— Tive uma ideia — disse o Chico —, vou chamá-lo.

— Como?

— Já vais ver.

E sem mais explicações, enfiou-se na carrinha e pôs-se a buzinar repetidamente.

— Pê... Pê... Pê... Pêêêêê!!

Aquele barulho ensurdecedor acabou por ter o efeito desejado. O homem apareceu, desfez-se em desculpas e explicou:

— Tenho aqui um primo e fui visitá-lo. Não pensei que se quisessem ir já embora. Mas tudo bem. Vamos então para a Cidade Velha.

Desta vez fizeram a viagem pelo interior da ilha e o caminho pareceu-lhes infindável! Já o Sol declinava no horizonte quando avistaram ao longe um forte em ruínas.

— É ali a Cidade Velha?

— É.

O motorista, que ignorava a razão daquela visita, tomou o itinerário habitual e levou-os direitos ao forte para verem a paisagem.

E a paisagem era impressionante!

—Parece que estamos noutro mundo! — exclamou a Teresa. — Isto é uma maravilha!

À sua volta erguiam-se uns sobre os outros grandes planaltos de terra lisa, seca, vermelha. As muralhas do forte prolongavam-se numa ravina a pique sobre o vale, onde outrora tinham corrido águas com abundância. A Cidade Velha ficava lá em baixo. Ruínas e pequenas casas de pedra entre coqueiros, palmeiras, árvores frondosas que se estendiam até à beira-mar. Alguns canhões velhos e ferrugentos permaneciam no seu posto de bocas voltadas para fora, como no tempo em que defendiam a terra vomitando bolas de ferro sobre os inimigos. Não se via ninguém por ali. Se queriam encontrar Mário era preciso descer à vila e foi isso que fizeram. O carro deixou-os no Largo do Pelourinho, onde brincavam crianças de todas as idades. Leida dirigiu-se a uma miúda de tranças e meteu conversa. Depois descreveu os homens, o rapaz e perguntou-lhe se os tinha visto. Ela disse logo que sim.

— Foram à igreja ver as imagens.

Ruínas de igrejas havia várias, mas a única que ainda tinha imagens antigas era a da Misericórdia, um pouco desviada do centro. Foram até lá na esperança de os encontrarem, mas em vão. A visita no entanto reservava-lhes uma surpresa. À porta da torre sineira estava a rapariga que habitualmente servia de guia aos turistas. Leida e Nancy conheciam-na e abordaram-na com à-vontade. Mas ao contrário do que era costume ela respondeu torto. Estava enervadíssima e não as queria deixar entrar.

— Vão-se embora! Deixem-me em paz! Por hoje já chega!

Aquela reacção deixou-os desconfiados.

— Palpita-me que os italianos estiveram aqui e armaram alguma bronca — disse o Chico. — Pergunta por eles, Leida.

Não se enganara, o Chico! A rapariga acabou por contar o que se tinha passado ainda há pouco.

— Eram dois brutamontes. Uns malcriadões. Fartaram-se de gritar comigo. Primeiro queriam comprar a imagem de S. Tiago. Como eu lhes disse que não estava à venda e que se saísse daqui era para um museu, ficaram fulos e tentaram roubá-la.

— E tu não gritaste?

— Gritei! Mas o gorducho agarrou-me, tapou-me a boca e o outro ainda tirou a imagem do pedestal.
— E depois?
— Depois desistiram. Devem ser doidos. Foram-se embora a rir dizendo que era tudo brincadeira. Mas eu apanhei um susto!
— Olha lá — perguntou o João —, esses tais homens vinham sozinhos?
— Não. Traziam um rapaz cabo-verdiano que lhes servia de intérprete. Um rapaz esquisito. Parecia assustado.
— Ele não te disse nada?
— Não. Foi tudo muito rápido. Pegaram no santo, viraram o santo, largaram o santo e foram-se embora!
— Deixa-nos ver o S. Tiago? — pediu o Pedro, a quem ocorrera que talvez ali encontrasse uma pista. Se eles estavam tão interessados na estatueta, por algum motivo era. Observando-a, talvez descobrisse qual.

A rapariga, já mais calma, fez-lhes a vontade. Girou a chave na fechadura e introduziu-os na torre. Lá dentro cheirava vagamente a mofo. Havia dezenas de caixotes com azulejos e peças antigas à espera de restauro. A imagem de S. Tiago era muito maior do que eles pensavam e muito mais bonita também. Distinguia-se das outras por ter ao peito duas conchas e uma cabaça ([1]).

([1]) Cada santo é representado com os seus símbolos próprios. S. Tiago tem a cabaça e as conchas que usavam os peregrinos a caminho de Santiago de Compostela.

Pedro pediu ajuda ao Chico e pegou-lhe ao colo. Era bem pesada!

— Se eles mexeram no santo é porque andavam à procura de qualquer coisa! — disse. — E eu vou descobrir o quê!

Passou então as mãos pela cabeça, pelas costas, pela base e a certa altura, clic... as pregas do manto deslizaram para a esquerda e abriu-se um orifício redondo onde cabiam dois dedos.

Atónitos, viram-no remexer lá dentro e retirar um cantinho de papel amarelecido de muitos anos. Ou talvez de muitos séculos.

— Os homens acharam aquilo que procuravam — disse o Pedro com solenidade. — Mas ficou uma pontinha. Olhem!

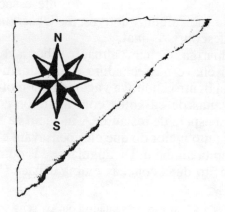

Capítulo 6

Conversas sobre piratas

À primeira vista, era apenas um pedaço de papel sem nada escrito. Mas quando o examinaram em contraluz surgiu uma figura que bem conheciam.

— A rosa-dos-ventos! — exclamaram as gémeas.

— Isto muda o rumo das nossas investigações.

— Porquê, Pedro?

— Porque a mensagem de Mário adquire outro significado. Onde é que era costume desenhar a rosa-dos-ventos?

— Nos mapas! — disse a Teresa.

— Quem é que fazia e escondia mapas?

— Os piratas! — berraram as duas em coro.

— Até faz verso — disse o Chico, com os olhos brilhantes de entusiasmo. — Os tipos andam na pista de um tesouro escondido e já sabemos por que é que não deixam o Mário falar com ninguém. Precisam dele como intérprete, mas não querem que dê com a língua nos dentes. Só que ele foi mais esperto, nós também e agora andamos todos à caça do tesouro! Ah! Ah! Ah!

Radiante, pôs-se a andar à volta dos amigos, remexendo o corpo numa espécie de dança selvagem acompanhada de gritos: «Agh! Ugh! Ra... ra... ra!»

A guia, ocupada a guardar imagens e a fechar portas, não tinha seguido a conversa. Quando voltou lá de dentro e o viu aos gritos desvairados pensou que sofressem de ataques e achou mais prudente ir-se embora sem sequer se despedir. Agitados como estavam nem deram por isso. Queriam actuar depressa. Ir atrás do Mário, interceptar os homens, roubar-lhes o mapa. Mas como? E onde estariam agora?

— A minha garganta parece cortiça — queixou-se o João. — Deve ser do nervoso, que me fez sede.

— Eu também estou que não posso! — disse Yuri. — Precisava de beber alguma coisa.

Leida propôs então que se fossem sentar num pequeno restaurante que ela conhecia. A ideia sorriu a todos e assim a conversa continuou num sítio bem agradável! O restaurante ficava encaixado na rocha. Tinha sido construído sobre os restos de um antigo fortim, de modo que o local onde agora tomavam refrescos e sanduíches era o mesmo de onde outrora a sentinela vigiava o mar. Àquela hora os últimos raios de Sol criavam uma espécie de bruma dourada e via-se ao longe a silhueta escura da ilha do Fogo com o feitio exacto de um vulcão. Era fácil imaginar os soldados de olhos postos no horizonte, tentando descobrir a tempo se o navio que avistavam ao longe era amigo ou inimigo. E o terror que sentiam quando bandos de malfeitores saltavam para terra armados até aos dentes!

O panorama era tão sugestivo que ficaram em silêncio a ouvir o barulho manso das ondas que vinham morrer junto ao cais. Leida pôs-se então a contar histórias da sua terra:

— As ilhas eram desertas. Esta foi a primeira cidade de Cabo Verde. Era grande, bonita, mas quase desapareceu ao ser atacada pelo corsário inglês mais famoso de todos os tempos, Francis Drake. — Uma pequena pausa e prosseguiu: — Drake atacou com seiscentos homens. Matou todos os que ousaram resistir-lhe, saqueou a cidade e foi-se embora levando tudo o que havia de valor. Mantimentos, animais, ouro, prata e até pessoas para vender como escravos!

— Que horror! — murmurou o João. — Deve ter sido horrível!

Os outros não perceberam por que motivo disfarçava um sorriso tapando a boca com a mão. É que enquanto Leida falava ele ia imaginando. Mas na sua cabeça, em vez de gente verdadeira, tanto os piratas, como as mulheres, as crianças, os bichos, os botes, as casas, tinham a forma, o colorido e até a música dos desenhos animados que costumava ver na televisão!

— Será que o nosso mapa foi aqui deixado por esse tal Drake? — perguntou o Chico.

— Nem pensar! — respondeu Pedro.

— Porquê?

— Primeiro, porque ele não escondia tesouros.

— Como é que sabes?

— Sei, porque já li a vida dele. Drake não era um pirata vulgar. Era corsário. Ou seja, roubava navios ao serviço da rainha de Inglaterra.

— E o que é que ele ganhava com isso?

— Riquezas. A rainha dava-lhe toda a protecção, muito ouro e até lhe deu o título de *sir*.

Pedro colocou o cantinho de papel no meio da mesa com todo o cuidado.

— Não foi Sir Francis Drake que desenhou esta rosinha-dos-ventos — concluiu com um suspiro.

O empregado do restaurante, que entretanto se aproximara, fez-lhes uma pergunta surpreendente:

— Vocês também andam metidos nesse jogo?

— Qual jogo? — perguntou a Luísa.

— O dos papelinhos — continuou o homem com o ar mais natural deste mundo. — Eu por acaso não sabia que o jornal *A Tribuna* tinha organizado uma espécie de jogo de pista. Foram os italianos que me explicaram...

A palavra italianos fê-los dar um pulo no assento. E enquanto todos gaguejavam perguntas mal acabadas, Pedro conseguiu dominar-se e interrogou o homem com certo à-vontade:

— Estiveram aqui dois italianos?

— Sim, um muito gordo e outro muito magro.

— E traziam um rapaz?

— Traziam. Mas esse pouco falou. Agora eles falavam pelos cotovelos. Discutiam, discutiam sempre à volta do mesmo, dois papelinhos amarelos que viravam de um lado, viravam do outro e diziam *manca ancora uno*... Ainda falta um... Achei estranho, não resisti e perguntei o que é que lhes faltava.

— E eles disseram? — perguntou a Teresa de olhos muito abertos.

— Disseram, claro. Era tudo relacionado com o tal concurso. Parece que já tinham duas pistas mas ainda lhes faltava uma. As pessoas quando se metem nestas brincadeiras acabam por se comportar como crianças. Sabem o que é que eles fizeram? Esconderam os papelinhos para eu não ver. Por mais que lhes dissesse que não estava interessado, que não ia concorrer, não acreditaram!

— E depois?

— Pagaram a despesa e foram-se embora.

— E o rapaz?

— Foi com eles. Mas deixem que lhes diga que também não era boa peça.

— Porquê?

— Porque esteve quase todo o tempo sozinho naquela mesa. Muito calado, muito entretido sabem a fazer o quê? A riscar o tampo com um prego!

Para grande espanto do homem, levantaram-se todos de um salto e foram a correr para a dita mesa. Ele seguiu-os, bastante atarantado.

— Ei! O que é que vos deu?

Ninguém saberia o que dizer, portanto ficaram em silêncio, de olhos postos no tampo onde Mário tentara com certeza deixar-lhes uma mensagem.

— Já sei! A riscalhada se calhar faz parte do jogo.

— É... é sim! — balbuciaram em coro.

O empregado mudou completamente de atitude. Ele, que até aí tinha sido tão simpático, ficou furioso.

— Pois acho muito mal! E vou escrever para *A Tribuna* a reclamar. Organizem lá os passatempos que quiserem, mas não se admite que mandem estragar as mobílias de cada um!

Perdidos de riso, viram-no fazer meia volta e regressar ao balcão onde servia bebidas. E foi dali que lhes gritou amuado:

— Escusam de tentar perceber o que ele escreveu, porque eu já limpei tudo!

Infelizmente era verdade. A mensagem estava quase indecifrável, de tal forma o homem usara o esfregão e a lixa.

Pouca coisa se conseguia ainda ver. Com nitidez só o recorte de um avião.

— Vai para outra ilha — disse Nancy. — Para qual será?

Era óbvio que por baixo tinha escrito o nome, mas intactas só sobravam duas letras gravadas talvez com mais força. Um «S» e um «i».

— O «S» é fácil — disse Yuri. — Temos cinco ilhas com nome de Santo.

As gémeas, debruçadas sobre a mesa, lembraram-se então dos jogos de palavras cruzadas que costumavam fazer. E a solução pareceu-lhes evidente. Quando levantaram a cabeça traziam na cara um sorriso luminoso:

— Descobrimos! — disse a Teresa.
— Afinal era fácil! — disse a Luísa.
— Então qual é a ilha?
— É a que tem um «i» na segunda letra.

Os cabo-verdianos riram-se.

— Nesse caso há duas hipóteses — explicou Yuri. — São Vicente e São Nicolau.
— Talvez até haja três. Ele pode ter querido referir-se à ilha do Fogo, que antigamente se chamava São Filipe. A capital ainda tem esse nome.

O desânimo foi geral.

— Então não sei para onde é que havemos de ir!

Chico não resistiu a dar um pontapé no banco. E saíram dali, lançando olhares furibundos na direcção do empregado que por ser tão rápido e eficiente os deixava em apuros!

Capítulo **7**

Temos que nos separar!

Já era noite cerrada quando chegaram ao hotel. Nenhum deles tinha fome nem sono, portanto ficaram a pé até altas horas da madrugada dando voltas à cabeça em busca de uma solução.

— Agora que sabemos quase tudo, perdemos o rasto! — suspiravam as gémeas. — Que fúria!

— Não é bem assim, meninas.

— Ai não? Então como é?

Pedro tirou os óculos, esfregou os olhos, limpou as lentes e respondeu num tom bastante cansado:

— Nem sabemos quase tudo nem perdemos o rasto.

Iam replicar, mas ele deteve-as com um gesto:

— Calma! Ainda não acabei. — E encavalitando os óculos no nariz recostou-se e continuou:

— O que vimos e ouvimos fez-nos tirar algumas conclusões. Há dois italianos que andam à procura de um tesouro. Já têm dois bocados do mapa, mas ainda lhes falta um. Certo?

— Certo.

— Ora procurar tesouros não é crime. Qualquer pessoa o pode fazer. Na América Central, por exemplo, há imensos mergulhadores que procuram baús com moedas de ouro em navios afundados. Sempre que acham qualquer coisa, a notícia vem em todos os jornais! Ainda há bem pouco tempo apareceu um, carregado de lingotes.

— Está bem. E depois? O que é que isso tem a ver?

— Muito. Os nossos homens são suspeitos porque fazem tudo em segredo e porque mantêm o intérprete incomunicável. Por que será que procedem assim?

— Não sei.

— Nem eu. Mas como não os podemos acusar por falta de provas, o único remédio é segui-los.

— Mas para onde? Tens alguma ideia?

— Tenho.

Pedro brindou os amigos com um sorriso enigmático antes de fazer a sua proposta:

— Separamo-nos em três grupos. Cada grupo vai para uma das ilhas possíveis. Quem encontrar os homens previne e juntamo-nos lá. O contacto pode ser feito pelo telefone, para casa da Leida ou do Yuri. Que dizem, hã?

O plano era tão inesperado que os deixou sem resposta. Separarem-se? A ideia não era lá muito agradável. E como haviam de formar três grupos, se eram cinco?

— Nesse caso um de nós teria que ficar sozinho — balbuciou o João. — A...

— Também pensei nisso — respondeu logo o Pedro. — Quem ficar sozinho leva o *Faial*.

— Mesmo assim não me agrada — declarou a Luísa. — E digo-te mais, eu sozinha não fico.

A discussão prolongou-se até às quatro da manhã. Debateram vantagens, inconvenientes, mas acabaram por chegar a um acordo. No dia seguinte, quando os viessem buscar para fazer turismo, pediam para ir ver outras ilhas. No aeroporto, conforme os voos que houvesse, combinavam então a melhor maneira de se distribuírem. E assim foi.

Yuri ficou desolado por ter de ficar em terra. Leida e Nancy também. Mas todos deram o número do telefone prometendo manterem-se ao alcance do aparelho durante todo o dia. Arranjar lugares no avião é que não foi tão fácil como tinham pensado!

— Esta época é má — explicou-lhes um empregado das TACV ([1]). — Além dos turistas, há muitos emigrantes que vêm passar o Verão com a família. E há pessoas que vivem numa ilha e querem gozar férias noutra para variar...

Mas eles tanto insistiram, que acabaram por conseguir.

— Para São Nicolau não há nenhum voo hoje. Posso arranjar-lhes três bilhetes para o Fogo e dois para São Vicente. Serve?

Tiveram que aceitar e formaram dois grupos. As gémeas com o João. O Chico com o Pedro.

O empregado apressou-se a carimbar os bilhetes e disse-lhes algo que só mais tarde entenderiam.

([1]) Transportes Aéreos de Cabo Verde.

— Os três que vão para a ilha do Fogo têm que levar os cães.

— Porquê?

— Porque o avião para São Vicente não aguenta mais carga. Os instrumentos musicais são pesadíssimos!

A conversa ficou por ali, porque as gémeas e o João tiveram que embarcar imediatamente. As despedidas foram atabalhoadas mas, antes de se separarem, Pedro ainda lhes segredou:

— Cuidado, hã? Todo o cuidado é pouco!

Os dois rapazes ficaram então sozinhos no aeroporto. E a espera seria bem longa! A hora da partida foi alterada várias vezes para grande fúria dos passageiros. Quando finalmente chamaram pelo microfone, a pista encheu-se de gente que resmungava:

— Vamos chegar tardíssimo!

— Ainda por cima hoje! Vou perder a melhor parte...

— Aposto que os meus irmãos não esperaram por mim e fico sem boleia para a bala.

O que diziam começou a fazer sentido quando Pedro e Chico já se encontravam a bordo. As últimas pessoas a entrar só podiam ter uma profissão: músicos ou cantores *rock*. Eram rapazes e raparigas muito novos, e cada qual vestia roupa mais exótica do que o anterior. Quanto aos penteados nem se fala! Havia cristas de galo pintadas de roxo, tranças loiras com ponta verde, caracóis empastados em gel fosforescente. No entanto, se fosse necessário atribuir o prémio da originalidade podiam fazê-lo sem hesitações. Uma artista magra e baixinha tinha rapado o cabelo e polvilhara a careca de estrelas doiradas e pequenas nuvens azuis a condizer com os olhos! A hospedeira, que também era novíssima, tratava-os a todos com grande deferência, procurando satisfazer-lhes os caprichos, que não eram poucos. Ainda não se tinha sentado e já choviam exigências. Um não viajava em cima da asa. Outro queria dois assentos para ir bem à larga. Um guitarrista recusava-se a colocar a guitarra na bagageira e propunha-se ir no chão para ceder lugar ao instrumento. Tudo isto berravam e gritavam nas mais diversas línguas. A tripulação não se deixava perturbar e lá ia resolvendo os problemas com um sorriso. Uma das hospedeiras andava para trás e para diante contando cabeças ([1]).

A certa altura ouviram-na dizer ao chefe da cabina:

— Ainda não podemos levantar voo. Faltam três passageiros.

Impacientes, Pedro e Chico olharam para a porta. Quem seriam os três idiotas que se marimbavam nos horários, transtornando a vida a toda a gente? Quando os viram assomar à porta iam desmaiando.

— Não posso acreditar! Os italianos tomaram o mesmo voo que nós!

([1]) Antes de qualquer avião levantar voo, é necessário verificar se todos os passageiros estão a bordo, por isso uma das hospedeiras tem que fazer a «contagem das cabeças».

De pé ao fundo da coxia lá estavam os dois, com todo o ar de quem tencionava fazer tantas exigências como as vedetas de *rock*. E o mais engraçado é que apesar da diferença de idades, pareciam fazer parte do mesmo grupo. O gordo trazia um saco de pele de leopardo à tiracolo e o magro, além das jóias enormes que habitualmente usava, tinha duas grandes manchas vermelhas na face esquerda.

— Que figura! São completamente doidos! — disse o Chico. — Por que é que ele terá pintado a cara de encarnado? Assim dá imenso nas vistas.

— Hum! Ele com certeza não se pintou. Deve ter feito uns golpes com a lâmina da barba e pôs mercurocromo para desinfectar.

— Talvez. Mas olha que o efeito é esquisitíssimo.

Naquele momento nenhum deles sonhava que os golpes e a indumentária lhes iam ser da maior utilidade!

Mário, sempre encolhido e temeroso, fez-lhes um sinal discreto antes de se sentar. E lá partiram para a ilha de São Vicente num alvoroço.

— É desta que conseguimos falar com ele! Tenho a certeza!

— Foi uma coincidência fantástica irmos para a mesma ilha!

— Nem tanto, Chico. Só havia três hipóteses.

— Bom, mas podiam ter ido noutro voo.

— Lá isso é verdade. Foi sorte.

— Que pena o João e as gémeas não estarem aqui!

— Logo que chegarmos, telefonamos a prevenir e eles vêm ter connosco.

Isso julgava o Pedro!

Assim que o avião pousou, a pista foi invadida por uma autêntica multidão aos gritos de alegria. Os funcionários e a polícia tentaram detê-los mas sem qualquer êxito, pois quando se trata de *rock,* os fãs perdem a cabeça! Eram centenas, tinham vindo dos quatro cantos do mundo para verem os seus ídolos actuar no Festival da Baía das Gatas, e não estavam dispostos a esperar nem mais um minuto. À medida que os grupos saíam do avião eram envolvidos pela turba que quase os sufocava, tentando arrancar pedaços de roupa para recordação, pedindo beijos, abraços ou autógrafos. E foi no meio da maior balbúrdia que os meteram numas camionetas de turismo e seguiram para a baía. Os italianos foram tomados músicos e, apesar de muito barafustarem, não conseguiram evitar o pior, ou seja, seguir para o local do espectáculo rodeados de fãs!

Apertados que nem sardinhas em lata, Pedro e Chico enfiaram-se na mesma camioneta. E iam morrendo a rir quando o gordo gritou a plenos pulmões:

— *Non siamo musici* ([1])!

O público exultou e responderam todos a uma só voz:

— *Sia,no poeti!*
Dei Spagheti! ([2])

([1]) Não somos músicos!
([2]) *Somos poetas! / Do esparguete!*

É que havia uma música italiana no *top* disco que começava exactamente assim. O motorista tinha a cassete, e julgando homenagear uma dupla célebre pô-la a tocar em altos berros. A reacção não se fez esperar. Uns cantavam também porque sabiam a letra. Outros aplaudiam acompanhando o ritmo com os pés.

Alguns metros adiante, quase esborrachado de encontro ao vidro, Mário olhou-os e sorriu pela primeira vez desde que se conheciam.

Chico piscou-lhe o olho divertido.

— As coisas estão bem encaminhadas — disse baixinho —, com esta barafunda vamos conseguir falar com ele.

— Será muito longe?

A camioneta avançava devagar por uma terra árida e montanhosa. Aqui e além surgiam casas, poços, manchas de verdura. Mas ao lusco-fusco já se via mal.

— Porque será que puseram este nome à baía?
— Hã?

Baía das Gatas. Será que tem imensas gatas e ninhadas de gatinhos?

— Que disparate, Chico! Gatas são tubarões.
— O diabo!

Capítulo **8**

Na Baía das Gatas

A Baía das Gatas era afinal uma praia de areão grosso. O mar entrava pela terra adentro numa enseada profunda. Havia algumas casas de veraneio, mas naquela altura do ano transformava-se num gigantesco parque de campismo. Jovens de todas as nacionalidades instalavam-se ali para se divertirem à grande. De dia, tomavam ricos banhos pois havia um pontão a fechar a baía, que assim se transformava numa espécie de grande lago onde até crianças pequenas podiam nadar à vontade.

À tardinha faziam fogueiras sobre a rocha e grelhavam camarões, lagostas ou assavam frangos, conforme as preferências de cada um. Depois, seguia-se o espectáculo. Já tinham actuado vários conjuntos nacionais e internacionais, mas aquela noite de *rock* seria o ponto culminante de todo o festival! O programa anunciava a actuação de seis grupos, incluindo um conjunto muito famoso em Cabo Verde, Os Tubarões.

Quando a camioneta atravessou o parque de campismo teve que reduzir a marcha, pois o público acorreu a receber os seus ídolos. O motorista fartou-se de buzinar mas de pouco lhe serviu.

Rapazes e raparigas penduravam-se nas janelas pelo lado de fora, e a única hipótese foi avançarem a passo de caracol até junto do palco que tinha sido construído de propósito para a ocasião. Holofotes varriam o espaço em todas as direcções enquanto os amplificadores espalhavam os primeiros acordes de uma música em voga. No recinto cada um dançava consigo mesmo agitando o corpo, os braços e as pernas com uma energia sem fim. A atmosfera era electrizante. Pedro e Chico dividiam-se por dentro em duas metades distintas. Uma, puxava-os para Mário e seus problemas. Outra para o meio da festa onde lhes apetecia esquecer tudo e dançar, dançar, dançar até de manhãzinha! Venceu a metade mais sensata. Assim que a camioneta parou, abriram caminho aos encontrões. Finalmente conseguiram chegar junto de Mário e ficar a sós com ele, graças à multidão enlouquecida que conduziu os italianos para o palco em ombros. Mas os dois rapazes quase entraram em desespero! Agora que podiam falar à vontade, Mário não se explicava e dizia coisas sem nexo:

— Não posso fugir por causa do meu irmão.
— O quê? Tens um irmão?
— Onde é que ele está?
— Em Itália. Em Nápoles.
— Então és da família daqueles homens?

A ideia bastou para que estremecesse da cabeça aos pés.

— Não! Eu sou filho de cabo-verdianos. Mas nasci em Itália porque os meus pais emigraram muito novos.

Quanto mais o rapaz falava, menos eles percebiam. Por que é que não ia direito ao assunto?
— Olha lá — disse o Pedro já impaciente. — Qual é o teu problema? Foste raptado?
— Não. Convidaram-me para vir conhecer Cabo Verde. E eu aceitei.

Pedro e Chico trocaram um olhar rápido. Começava a parecer-lhes tudo um grande disparate e iam dizer-lhe isso mesmo quando a chinfrineira da multidão se tornou insuportável! Mesmo sem querer viraram-se para o palco onde os italianos, aflitos, acabavam de fazer uma entrada triunfal. O apresentador anunciou-os como sendo a famosa dupla Piccolo e Venetton e logo o público se pôs a cantar em altos berros:

Non siamo musici
Siamo poeti
Del spagheti...

Julgando que os instrumentos tivessem ficado retidos no aeroporto, os técnicos de som apressaram-se a emprestar uma guitarra eléctrica a cada um. Para estupefacção geral, recusaram-se a recebê-las e tentaram sair pelo outro lado, o que lhes valeu assobios e apupos sem fim. Os responsáveis pelo espectáculo, julgando que o problema fosse não poderem tocar com os seus próprios instrumentos, desfaziam-se em desculpas para os convencerem a actuar, enquanto o apresentador entretinha o público dizendo graças ao microfone. A certa altura o gorducho perdeu a paciência. Agarrou na guitarra com as duas mãos, empurrou o apresentador para o lado e perguntou num português macarrónico:

— Querem música?

A resposta ecoou pelo recinto como se estivesse ensaiada

— Siiiim !!

Então os dois puseram-se a dedilhar as cordas e a gritar:

— Uá! Uá! Uá!

Era uma melodia louca. Mas nisto de festivais *rock*, quanto mais louca, melhor! Portanto, durante alguns momentos ninguém percebeu o embuste e toda a gente se pôs a dançar e a gritar também:

— Uá! Uá! Uá!

O pior é que eles não passavam daquilo. Começou então a gerar-se uma certa perplexidade. As pessoas foram-se calando a pouco e pouco. Pararam de dançar e de súbito ouviu-se uma voz isolada:

— Isto não é música! Úúú!

Os italianos, de cabeça perdida, só encontraram uma solução. Aproximaram-se do microfone e berraram com forte sotaque:

— Música concreta!

— Música concretíssima!

Depois pegaram nas violas como quem pega numa raqueta e zás, zás, zás! Espatifaram-nas de encontro à parede. Foi preciso tirá-los dali para não apanharem uma sova dos espectadores que já faziam menção de saltar para o palco. Quatro seguranças arrastaram-nos lá para trás, murmurando entre si:

— Ou são doidos, ou estão bêbados!

Aquele episódio desvairado tinha dado tempo a Mário de acalmar. Escondido atrás de uma tenda contara a sua história de fio a pavio.

— Os meus pais trabalham num restaurante em Nápoles. Aqueles dois eram clientes habituais. O gordo chama-se Domenico e o magro Morandi. Há um mês foram lá almoçar e disseram que vinham passar férias a Cabo Verde. Convidaram-me a mim e ao meu irmão para virmos conhecer a terra da família. Nós aceitámos, claro!

— E os teus pais deram autorização para virem assim com desconhecidos?

— Eles não eram desconhecidos. Há muito tempo que iam lá almoçar todos os dias. E o convite no fundo era um contrato. Pagavam-nos a viagem e nós servíamos como intérpretes. Ora na nossa idade qualquer pessoa gosta de ter um emprego de Verão.

— E depois?

— Depois foi horrível. Logo que saímos de Nápoles percebemos que nos tínhamos metido numa alhada. Veio um carro buscar o meu irmão e levaram-no não sei para onde. O Morandi disse-me que se eu falasse com alguém ou pedisse ajuda, nunca mais o via.

— E tu?

— Fiquei apavorado.

— Mas pediste-nos ajuda no avião?

— Pedi. Achei que era menos arriscado tentar comunicar com alguém da minha idade.

— Fizeste bem! — disse o Pedro. — Mas o que é que eles querem? Andam à procura de um tesouro, é?

Mário olhou-o assombrado:
— Como é que vocês sabem?
— Isso agora não interessa. O importante é salvar-te a ti e ao teu irmão. Conta lá o resto.
— Só no Tarrafal é que eu percebi o que andávamos a fazer. Eles pertencem a uma quadrilha internacional que rouba obras de arte. Conseguiram uma imagem muito antiga num assalto nocturno à catedral de não sei onde. E descobriram lá dentro parte de um mapa de tesouro que dizia «Cabo Verde».

Chico e Pedro aproximaram-se mais, de olhos a luzir.
— Viste o mapa?
— Vi. E percebia-se perfeitamente que faltava o resto. Então eles decidiram procurar aqui nas ilhas e trouxeram-me não só como intérprete mas também para me obrigarem a fazer as tarefas perigosas, porque os tesouros geralmente estão escondidos em sítios inacessíveis. Pode ser preciso escalar uma montanha a pique, descer a um poço... uma gruta...
— Como é que sabes isso tudo?
— Fui deduzindo. À noite finjo sempre que estou a dormir e oiço o que eles dizem.
— Mas por que é que não foges?
— Por causa do meu irmão, do Nelson. Tenho medo que lhe aconteça alguma coisa.
— O melhor é irmos à polícia — disse o Pedro.
— Não! — berrou Mário aflito. — Por favor! Eles juraram que se eu fizesse alguma coisa simulavam um acidente e matavam o Nelson.

— Está bem, acalma-te, vamos resolver tudo sozinhos.

— Olha lá — disse o Chico —, por que é que eles não procuram o tesouro como toda a gente? Ninguém pode provar que encontraram o primeiro bocado do mapa numa imagem roubada...

— Pois não. Mas se se souber que em Cabo Verde há um tesouro escondido organizam-se logo expedições para o encontrar. E de qualquer maneira, mesmo que fossem eles a encontrá-lo, por lei só podiam ficar com uma parte. O resto era para o Estado. Ora eles querem tudo. São as pessoas mais gananciosas que conheci na minha vida.

— Então e agora?

— Só vejo uma hipótese — disse o Pedro. — Volta para o pé deles. Faz o que te mandarem e nós seguimos-te sempre à distância.

— Para quê? — perguntou o Chico. — Se não podemos fazer nada...

— Podemos, sim.

— O quê?

— Primeiro do que tudo, proteger o Mário. Lembra-te que se eles encontrarem o tesouro podem decidir simular dois acidentes em vez de um para se verem livres de testemunhas incómodas.

Mário empalideceu de pavor.

— Não te assustes. A partir de agora, mesmo que não nos vejas, havemos de estar por perto. Nós e os amigos a quem vamos telefonar daqui a nada.

— E contamos com a ajuda preciosa do *Faial*! — disse o Chico. — Se tudo correr bem, ainda prendemos estes italianos mais os cúmplices que ficaram em terra! Não sei lá muito bem como, mas havemos de te salvar, a ti e ao teu irmão.

Ele olhou-os, entre esperançado e receoso.

— Não te aflijas que só agimos se virmos que há condições.

— Continua a deixar-nos pistas como tens feito até aqui.

— É verdade, por que é que vieram para a ilha de São Vicente?

— Porque andamos à procura do resto do mapa!

— Está bem. Mas o arquipélago tem dez ilhas.

— Ah! Não me lembrei de explicar isso. Cada papel tem elementos que apontam numa determinada direcção.

— O quê? Uma seta?

— Sim. E o símbolo de um santo. A primeira seta estava acompanhada de duas conchas e uma cabaça. Foi por isso que viemos procurar em Santiago. No Tarrafal perguntaram por imagens antigas àquele homem que vocês viram. Ele mandou-nos à Cidade Velha e...

— E vocês encontraram um papel com uma seta e outros desenhos, não foi?

— Foi. Como é que sabem?

— A gente depois explica. Como eram os desenhos?

— Um barco e dois corvos. É o símbolo de São Vicente. Amanhã tenho a certeza que vamos vasculhar todas as igrejas que para aí houver.

— Vão eles e vamos nós!

Capítulo **9**

Uma ideia brilhante

Quem não tinha acomodações na Baía das Gatas ia dormir à cidade do Mindelo, onde havia vários hotéis e pensões. Pedro e Chico conseguiram instalar-se no mesmo hotel dos italianos mas só no dia seguinte tornariam a ver Mário de longe, quando se dirigiram a uma igreja perto do mercado do peixe. E ali a viagem tomou novo rumo. A velhota encarregada de limpar o altar-mor contou a Morandi que quando ela ainda era criança a imagem de S. Vicente tinha sido comprada por uma família da ilha de S. Nicolau.

— Nesse tempo não se dava tanto valor às coisas antigas. O Sr. Lopes nem pagou em dinheiro. Ofereceu uma imagem moderna em troca da antiga e toda a gente achou muito natural!

Ajoelhados no último banco, os dois rapazes fingiam rezar com a cabeça entre as mãos para não serem reconhecidos. Se ouviram tudo foi porque a velha, sendo surda, falava altíssimo e a igreja também não era grande.

— Temos que ir para São Nicolau — disse o Chico, já de regresso à rua. — Que estafa de férias! Mal chegamos a um sítio vamos a correr para outro.

— Tu ao menos nunca estás satisfeito. Se te obrigassem a ficar sempre no mesmo lugar, achavas um frete.

— Hum... talvez.

Na peugada dos italianos seguiram para a agência de viagens onde tentaram arranjar bilhete no mesmo avião.

— Impossível — disse-lhes a empregada com um sorriso afivelado —, esse voo está cheio.

Chico olhou-a com um ar tristíssimo:

— Não me diga! É que... queríamos ir com uns amigos. Tem a certeza que não houve desistências?

— Tenho. No entanto, se não se importarem de levantar cedo, resolve-se o assunto.

— Como?

— Há dois lugares no avião das seis horas da manhã. Assim, ainda lá chegam primeiro do que os amigos. Podem até fazer-lhes uma surpresa!

Ao ouvir aquilo, Pedro corou tanto que a rapariga ficou pasmada e perguntou:

— Sentes-te bem?

Inexplicavelmente ele largou a rir:

— Ah! Ah! Ah! Sinto-me lindamente. Oh! Nunca me senti tão bem na minha vida.

Chico aproximou-se de sobrancelhas erguidas:

— O que foi, pá?

— Nada, nada! — E virando-se para o balcão: — Pode marcar a viagem. Adoro levantar-me cedo e esse voo é exactamente aquilo que nos convém. A ideia que nos deu é genial. Vamos fazer uma surpresa aos nossos amigos. Oh! Que rica surpresa!

Com aquele arrazoado, Chico ficou em pulgas. Com certeza o Pedro acabara de gizar um plano. Mas qual? Ansioso por sair dali para fazer todas as perguntas que lhe queimavam a língua, pôs-se a saltitar ora num pé ora no outro. E mesmo sem dar por isso repetiu várias vezes:

— Depressa! Dê-me os bilhetes depressa!

A rapariga já olhava para eles com desconfiança. Resmungando qualquer coisa entredentes, lá escreveu o que tinha a escrever e entregou um envelope a cada um.

— Pronto! Está tudo aqui. Agora não percam o avião.

— Quanto a isso, pode ficar descansada.

Assim que transpuseram a porta da agência, Pedro exclamou:

— Tive uma ideia sensacional!

— Já percebi. Mas o que é?

— Em vez de andarmos atrás do Mário, vamos passar a andar à frente. E seremos nós a deixar as pistas que forem necessárias.

— Hã?

— É um plano formidável. Ora ouve. Se descobrirmos o tesouro *antes* dos italianos, quando eles chegarem perto...

Chico não o deixou acabar:

— Atiramo-nos a eles ao murro e ao pontapé. E se isso não bastar espetamos-lhes com a arca nas trombas.

Pedro riu-se.

— Quer dizer que já resolveste que o tesouro está numa arca?

— Então onde é que queres que esteja?

— Sabe-se lá? Mas isso agora não interessa. Temos que ir para São Nicolau. Procurar a família Lopes. Saber se ainda têm a imagem e sacar o pedaço de mapa que falta.
— E depois?
— Copiamos o desenho para um papel e deixamos ficar tudo como estava. É importante que os homens nos sigam até ao sítio onde os piratas esconderam o tesouro. Sítio esse onde nós havemos de estar à espera deles. Eh! Eh! Eh!
— De facto, vão ter uma grande surpresa!
Pedro continuou a falar num entusiasmo feroz:
— É que assim podemos resolver os dois casos, já pensaste? Salvamos o Mário e o irmão!
— Como?
— Das duas, uma. Ou lhes damos uma tareia como tínhamos combinado e os obrigamos a fazer o que nós quisermos...
— Ou então?
— Bom, se virmos que eles têm um esquema montado para prejudicar o Nelson, negociamos.
— O quê?
— O tesouro, pá!
— Troca-se a arca pelo Mário?
— Pelo Mário e pelo irmão. Só depois de sabermos que telefonaram para Itália e que os cúmplices o libertaram mesmo, é que entregamos a mercadoria.
— O plano é bom. Mas...
— Mas o quê?
— Hum... é preciso que haja tesouro. Que a gente o encontre. Que eles cheguem até nós sem

desconfiar de nada. Que seja possível forçá-los a fazer o que queremos sem prejudicar ninguém.

— Ei! Se continuas com essa conversa, desanimo. Tens alguma proposta melhor que a minha?

— Não.

— Nesse caso vamos tentar.

— Ainda há um problema em que não pensaste.

— Qual é?

— Só com um pedaço de papel não chegamos a lugar nenhum.

— Pois não. Temos que pedir ao Mário uma cópia dos outros dois.

— Como?

— Logo se vê. O que é preciso é esperança.

Regressaram ao hotel excitadíssimos, e durante horas deram voltas à cabeça imaginando a melhor maneira de estabelecer o contacto, o que não foi simples pois o rapaz passou o resto do dia fechado no quarto. Decidiram portanto ficar de atalaia, um na entrada outro no corredor. Quase adormeceram de tédio, mas valeu a pena. Já tinha anoitecido quando viram os três sair do hotel e encaminhar-se para uma zona bem animada, a praça principal. Era um largo amplo, com jardim ao meio e casas antigas à volta. Havia cafés, restaurantes e as pessoas tinham por hábito reunir-se ali depois do jantar. Vários grupos passeavam de um lado para o outro, rapazes e raparigas aos parzinhos namoravam debaixo das árvores frondosas e famílias inteiras vinham tomar o fresco antes de deitar as crianças. Os italianos instalaram-se no canto mais escondido do restaurante. Como de costume, Mário foi obrigado a sentar-se ao meio.

Impossível chegar perto. Hesitantes, olharam em redor e desta vez foi Chico quem teve uma ideia luminosa. No jardim, entre outros, brincavam dois miúdos insuportáveis. Já tinham incomodado toda a gente com uma bola de básquete. E em vez de pedirem desculpa, fartavam-se de rir e fazer caretas.

— Se contratássemos aqueles para nos ajudarem?

— Como?

— É muito simples. Escrevemos um bilhete ao Mário e pedimos aos miúdos que infernizem os italianos. Quando a bagunça estiver no auge, entrega-se o bilhete sem ninguém dar por isso. Concordas?

— Concordo, pois! Vamos pôr a má-criação ao serviço de uma causa nobre.

— Então é para já.

Chico encaminhou-se para o local onde os rapazinhos jogavam animadamente. Na primeira oportunidade agarrou a bola e meteu-a debaixo do braço. Escusado será dizer que eles reagiram imediatamente em grande fúria:

— A bola é nossa!

— Dá cá a bola ou levas um pontapé!

— Ora, ora! — disse o Chico compondo uma expressão de avôzinho. — Vocês não eram capazes de fazer uma coisa tão feia! Não se bate nas pessoas mais novas. E muito menos nas pessoas mais velhas.

— Ai não? Então bate-se em quem? Nas pessoas da mesma idade, é? — disse um deles, sem se intimidar.

O outro deitou-lhe a língua de fora.

— Vocês são levados da breca! — continuou o Chico perdido de riso. — Mas aposto que tinham medo de fazer uma coisa que eu cá sei...

— A gente não tem medo de nada!

— Ai não? Não tinham medo de atirar a bola para cima da mesa onde estão aqueles senhores?

— Quais?

— Os do canto.

Viraram-se ambos na direcção que Chico apontava e por instantes ficaram a avaliar as consequências de semelhante maroteira. Depois olharam Chico com admiração. Aquele rapaz alto e forte ainda tinha ideias mais loucas do que eles!

— Não respondem?

— A...

— Já estou a perceber tudo. Vocês gostam de se armar em engraçados, mas afinal são uns medricas.

— Medricas era a tua avó! — berrou logo um. — Ora dá cá a bola e vais ver!

Chico não queria ouvir outra coisa. Antes de lhe entregar a bola ainda o espicaçou:

— Não acredito que tenhas coragem, porque és um bebezinho!

— Ai sou um bebezinho? Então olha!

Os miúdos largaram a correr pelo jardim e quando lhes pareceu que a distância era conveniente, pimba! Atiraram a bola pelo ar, com tal pontaria que caiu em cheio no prato de sopa de

Domenico! Esguichos de legumes atingiram-no na cara e, como ele se levantou de rompante, entornou ainda duas canecas de cerveja que ensoparam a toalha de mesa, bem como as calças e a camisa de Morandi. Toda a gente se voltou admirada. Os miúdos fugiram. O dono do restaurante apressou-se a vir atender os clientes que esbracejavam de fúria. E Pedro aproveitou a barafunda para passar ao Mário a seguinte mensagem:

Seguimos para São Nicolau no voo das 6 horas da manhã. Lá nos encontraremos. Tenta copiar os dois bocados do mapa do tesouro para nos entregares. Temos um plano quase infalível para te salvar.

Pedro
Chico

P.S. depois de leres, destrói esta mensagem.

Ele assim o fez. Leu tudo com atenção, a seguir rasgou o papel em mil bocados por baixo da mesa e piscou o olho aos amigos sem ninguém dar por isso.

Pedro e Chico foram-se embora felicíssimos.

— Conseguimos falar-lhe mesmo nas barbas daqueles idiotas!

— Acho que vencemos um primeiro obstáculo. Somos os maiores!

Radiantes consigo próprios comeram qualquer coisa e deitaram-se muito cedo, pois no dia seguinte tinham que madrugar. Verdade se diga que o medo de perder o avião lhes provocou uma terrível insónia. Por isso mesmo fizeram a viagem a dormir. Só acordaram quando já iam a perder altura. Ainda meio tontos olharam pela janelinha redonda.

— Estamos a atravessar uma nuvem branca — disse o Pedro com um bocejo profundo. — E já se vê o recorte da ilha.

— Vista do ar, parece um sapato gigantesco.

— De cabedal castanho!

De facto a ilha não tinha grandes manchas de verdura. Era um pedaço de terra inóspita, montanhosa, de picos enormes a olhar para o céu como quem pergunta «por que motivo havemos de ser assim tão altos, tão bicudos, tão secos e tão cheios de pedra?»

Impressionados com a paisagem, mais impressionados ficaram depois de aterrar. A pista parecia uma estrada. E além do edifício do aeroporto não se via uma única casa em redor. Também não havia táxis nem autocarros.

— E agora? Para onde é que havemos de ir?
— Talvez para a capital.
— Como é que se chama?
— Não sei.
— E onde é?
— Não faço a mínima ideia.

Entreolharam-se então bastante desconsolados.

— Se ao menos conhecêssemos alguém a quem pedir boleia para a cidade mais próxima!

— O que será que as pessoas fazem quando chegam aqui?

Capítulo **10**

Uma descoberta empolgante

Os problemas que haviam de ter naquela ilha seriam outros.

Em São Nicolau as pessoas eram amistosas e simpáticas, portanto bastou que os vissem circular numa atitude de quem não sabe o que há-de fazer à vida para aparecerem logo alguns indivíduos dispostos a dar uma ajuda. Além disso, a maior parte dos carros que estava ali era de aluguer, embora não tivessem nenhum letreiro a dizer «Táxi». Alugaram um e seguiram viagem. A capital chamava-se Ribeira Brava. Ao contrário do que esperavam era uma pequena vila encaixada num vale apertado entre montes altíssimos, bem longe do mar. Os primeiros habitantes preferiram assim, talvez receando os ataques frequentes dos piratas.

Não havia hotéis. O condutor indicou-lhes a casa de um emigrante que, de regresso à terra, construíra uma vivenda de três pisos para servir de pousada. Ele e a família viviam no rés-do-chão. Os hóspedes podiam escolher quarto nos andares de cima. Chico e Pedro foram bem recebidos e ficaram num aposento com duas janelas, uma para a rua e outra para o telhado. Como estava um pouco abafado abriram as portadas para arejar. Chico inspirou fundo.

— Que ar tão puro!

Lá fora, milhares de galos cantavam alegremente formando um coro de muitas vozes. Ainda era cedo, mas já havia pessoas a varrer as ruas empedradas, pois, como verificariam mais tarde, aquela gente fazia questão de manter tudo impecável.

— São asseadíssimos! — exclamou o Pedro. Já reparaste que não há um papelinho no meio do chão nem um risco nas paredes?

— É verdade. Até dá gosto. Mas agora vamos procurar a família Lopes.

— E se há várias? E se o último Lopes morreu sem deixar descendentes? E se venderam a imagem a turistas estrangeiros?

— Pára com isso! — gritou o Pedro — Queres desanimar a malta, é?

— Não. Quero prever todas as eventualidades.

— Isso não serve para nada. O que é preciso é agir.

Desceram então à rua e mais uma vez seria tudo muito simples. A primeira pessoa a quem perguntaram indicou-lhes a morada, pois nas terras pequenas toda a gente se conhece. E eles foram bater à porta. Era um casa pequenina, antiga, toda em pedra, com um pátio interior cheio de vasos à volta do tanque. O Sr. Manuel Lopes recebeu-os muito bem. Mandou-os entrar mesmo antes de perguntar ao que vinham. Só depois entenderam porquê.

— Dois portugueses, sim senhor! Tenho muito prazer em recebê-los. E parece-me que até estou a adivinhar o que os traz cá.

— Como?

— Vieram dar-me notícias dos meus filhos?

Pedro e Chico entreolharam-se admirados. Notícias dos filhos? Quais filhos? E a expressão de ambos foi tão óbvia que o homem percebeu o equívoco.

— Desculpem. Já vejo que me enganei. É que eu tenho dez filhos espalhados pelo mundo. Uns andam embarcados. Dois vivem na América. Outros estão na Holanda. Outros em Portugal. E uma pessoa está sempre à espera de notícias dos filhos. Mesmo que escrevam, não há carta que nos aqueça o coração.

Enquanto falava encaminhou-os para uma salinha modesta cujas paredes estavam cobertas de fotografias a atestar o que acabavam de ouvir. Uma rapariga em vestido de noiva, de costas para a Estátua da Liberdade. Outra, também em vestido de noiva, de costas para a Torre de Belém. Um grupo sorridente na amurada de um navio petroleiro. Um casal com duas criancinhas ao colo, que posara num dos muitos campos de túlipas da Holanda.

— Aqui têm a minha família — apresentou o velhote. — Como vêem não lhes menti. Mas sentem-se. Afinal de contas qual foi o motivo desta visita?

Pedro passou a língua pelos lábios e hesitou um instante antes de dizer uma meia verdade.

— Falaram-nos de uma imagem antiga que está na posse da sua família há uns anos...

— A imagem de Santa Luzia?
— Não. A imagem de São Vicente.
— Ah! Essa comprou-a o meu pai, que era um homem muito religioso.
— Podemos vê-la?
— Com certeza. Vou pedir à minha mulher que a traga aqui. Mas por que é que a querem ver? Por ser o padroeiro de Lisboa?

Nenhum dos rapazes fazia a mínima ideia de que S. Vicente era padroeiro de Lisboa, mas acenaram vivamente que sim.

O Sr. Manuel Lopes pareceu ficar satisfeito com a explicação, abriu a porta e gritou.

— Macária! Vai buscar a imagem de S. Vicente que preciso dela.

Depois virou-se para eles com o ar mais natural deste mundo e o que disse deixou-os em ânsias:

— É uma estátua muito bonita. Mas o mais engraçado é o segredo que tem nas costas.
— Hã?
— Sim. Carrega-se numa molazita, as pregas do manto deslizam para o lado e abre-se um buraquinho redondo onde cabem dois dedos.
— E não tem nada lá dentro? — perguntou o Chico, ávido.
— Tem, a relíquia.

A resposta fê-los saltar da cadeira e avançar um passo com os olhos a luzir.

Vendo-os assim, o Sr. Manuel advertiu logo:

— Ouçam lá, meus amigos. Eu mostrar, mostro. Mas não vendo por preço nenhum, hã?
— Está bem, está bem.

— Diga-nos só como é a relíquia.
— É um rolinho de papel com desenhos. O que significa, não sei. Mas se está ali, ali tem de ficar.

A mulher interrompeu-os entrando ajoujada com a estátua nos braços. E puderam então assistir maravilhados àquilo que lhes pareceu um truque de ilusionista. O Sr. Manuel fez funcionar a mola e retirou o almejado pedaço de mapa que um pirata louco ali colocara alguns séculos atrás. Pedro apressou-se a pedir-lhe:

— Podemos copiar os desenhos?
— À vontade.

Chico é que tinha o papel e a caneta no bolso. Pôs tudo em cima da mesa e sugeriu:

— Desenha tu. — Em voz baixa acrescentou ainda: — Sê rigoroso. Não deixes escapar nenhum pormenor.

Pedro acenou que sim e deitou-se ao trabalho. As mãos tremiam-lhe ligeiramente enquanto ia esboçando as figuras pintadas a tinta castanha.

Para disfarçar o nervosismo de ambos, Chico optou por continuar a conversa com o velhote. E ele falava pelos cotovelos:

— Um dos meus filhos, chama-se Vicente, sabem? Porque este santo nos ajudou muito num ano de seca.

— Aqui há muita seca, não há? — perguntou, para dizer alguma coisa.

— É o nosso maior problema. Às vezes passam seis ou sete anos seguidos sem chover. Aparecem nuvens, a gente fica a olhar cheio de esperança e as malvadas deslizam, deslizam, e só

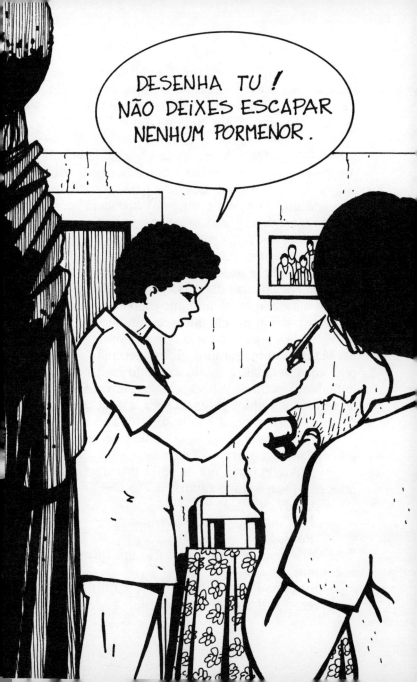

abrem as torneiras quando já estão em cima do mar. É uma dor de alma. As plantas morrem de sede. Às vezes morrem também os animais. E a gente a ver chover em cima da água!

— Que horror!

— Pois é. Quando eu era criança até havia aí um padre que nos ensinava orações para pedir chuva. Era o cónego Bouças. As pessoas agora já não acreditam. Mas de uma coisa podem ter a certeza, quando ele fazia as rezas bem feitas, chovia mesmo. Às vezes até chovia de mais!

Não tardaria muito que Pedro e Chico se lembrassem daquela frase. Mas por enquanto o que queriam era sair dali depressa para estudarem sozinhos a mensagem contida no mapa do tesouro.

Não podiam no entanto ser indelicados, por isso deixaram-se ficar a ouvir as tais rezas. O Sr. Manuel foi buscar um velho caderninho de folhas amarelecidas, e muito exaltado recitou uma lengalenga pedindo chuva, chuva, chuva! Quando terminou, tinha a garganta seca, a testa coberta de suor, e respirava até com dificuldade.

Aproveitaram então para se despedirem, recomendando:

— Se vierem aqui outras pessoas à procura da imagem, faça-nos um favor.

— Qual?

— Não diga que nós estivemos cá.

— Porquê?

— São pessoas com quem não nos queremos encontrar.

— Aqui na Ribeira Brava há-de ser difícil esconderem-se. É uma terra pequena.

— Mas se eles não souberem que cá estamos, não nos procuram.
— Está bem, eu não digo nada.
Depois de muitos agradecimentos, foram a correr para o quartinho alugado. Puseram o papel em cima da cama e sentaram-se a olhá-lo.

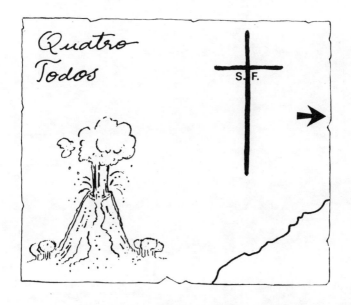

— O que é que achas que isto significa?
— Ainda não sei. Mas havemos de descobrir.

Capítulo **11**

Debaixo do mesmo tecto

Desvendar um enigma quando se tem só uma parte, é quase impossível.

Passaram o dia inteiro às voltas com o papelinho, viraram-no em todas as direcções, mas só obtiveram uma certeza.

— O pirata que desenhou isto era português, porque as palavras são portuguesas.

— O pior é que não fazem sentido!

— «Quatro todos»? O que quererá dizer?

— Só unindo os pedaços que faltam. Assim é impossível.

— Olha lá — disse o Chico como quem não quer a coisa. — Também havia piratas portugueses?

— Está visto que sim.

— Não é isso. O homem que fez este desenho podia ser português e andar ao serviço dos corsários ingleses.

— Ah!

— Eu quero saber se havia barcos de piratas em que o chefe fosse português!

— Acho que sim.

Chico ficou radiante.

— Ainda bem. Sabes que tenho uma certa simpatia por piratas?

Pedro riu-se condescendente.

— Como não corremos o risco de ser atacados, achamos graça.

— Pois é, quando passam filmes antigos na televisão, adoro ver as cenas de abordagem. Atiram as âncoras, as cordas, escorregam para o outro barco e zás! zás! zás! Vai tudo a eito.

À medida que falava ia-se entusiasmando cada vez mais.

— É tão giro ver subir a bandeira negra ao mastro principal!

— Vê se te acalmas. Caso contrário ainda sais pela janela aos gritos e fazes uma abordagem à casa do vizinho.

— Sair pela janela? Mas isso é uma ideia excelente.

Pedro não percebeu logo o que ele tencionava fazer.

— Vais para o telhado?

Com uma perna de fora e outra dentro, respondeu:

— Exactamente. Aqui no meio das telhas há um terraçozinho para estender roupa. Ideal para ficar de vigia. Até parece um cesto de gávea, eh! eh!

Os dois rapazes esgueiraram-se para aquele ponto alto com ligeireza. Dali avistavam todos os caminhos de acesso à povoação. Se parasse algum carro à porta, seriam os primeiros a dar por isso. Mário e os italianos não tinham outro sítio onde ficar. Nessa noite dormiriam todos debaixo do mesmo tecto.

— Se ao menos chegassem! — suspirou o Chico pouco depois. — Que maçadores.

Como as horas iam passando e não aparecia ninguém resolveram revezar-se. Um ficava ali e o outro ia dar uma volta e trazer comida. Efectuaram várias viagens. Empanturraram-se de pão com manteiga e laranjada até que por fim surgiu uma camioneta trazendo os concorrentes na caça ao tesouro. Excitadíssimos agacharam-se e ficaram a vê-los entrar, depois sair com certeza em busca da família Lopes e mais tarde regressarem já para dormir.

— Devem trazer um quadradinho igual ao nosso.
— E agora?
— Agora o Mário há-de passar-nos o que a gente lhe pediu.
— Achas que fez as cópias?
— Talvez.

Apesar da impaciência, pareceu-lhes melhor esperar que toda a gente se deitasse. Era quase meia-noite quando desceram ao andar inferior pé ante pé. E congratularam-se por as escadas serem de cimento e não de madeira.

— Assim não rangem.
— Schut!

A disposição dos quartos era idêntica em todos os pisos. Davam para um compartimento central onde a dona de casa colocara uma mesa de camilha. A cobertura de algodão às flores fornecia um magnífico esconderijo! Pedro e Chico rastejaram silenciosos como répteis e enfiaram-se lá de baixo.

— Qual será o quarto do Mário?
— Não sei. Vamos esperar a ver se ele aparece.

As portas estavam todas fechadas. Por baixo de uma delas desenhava-se um fio de luz.

— Será que ele está ali? Vou espreitar pelo buraco da fechadura.

— Cuidado, pá!

Chico deitou a cabeça de fora e ficou um momento à escuta. Não havia ruído nenhum, além do ressonar violento que se ouvia à esquerda. Saiu então do esconderijo com mil cautelas e colou a cabeça à porta. O que viu encheu-o de alegria.

— Pst! — sussurrou —, anda cá!

Admirado, o outro juntou-se-lhe.

— O que foi?

Falando sempre em voz baixa, explicou:

— O Mário está lá dentro sozinho.

— Tens a certeza?

— Tenho. Ora espreita.

Foi a vez de Pedro encostar a testa sobre a fechadura. O quarto era minúsculo. Não tinha janela, e a mobília resumia-se a cama, mesa e cadeira. De costas para eles, parecia ocupado com qualquer coisa.

— Chamo?

— Não. Podes acordar os outros.

— Então vou tentar abrir.

Chico deitou a mão ao trinco, rodou devagarzinho e o trinco fez «clic», mas a porta não se moveu.

— Bolas! Está fechada à chave.

— Espera. Vou arranhar com as unhas para lhe chamar a atenção.

«Cress... Cress... Cress...»

O barulhinho era tão suave que até o próprio

Mário demorou a perceber de onde vinha. E ficou assustadíssimo. Pelo buraco da fechadura viram-no voltar-se em sobressalto.

— Somos nós! — soprou o Chico. — Não tenhas medo.

A atitude foi logo outra. O rapaz levantou-se, tirou os sapatos para não fazer barulho e, oh maravilha! Foi-lhes abrir a porta, pois estava fechado por dentro e não por fora como eles pensavam. Com um risinho nervoso na garganta abraçaram-se.

— Entrem depressa — disse num tom quase inaudível. — Acabei agora mesmo de copiar os dois primeiros mapas. Consegui roubá-los da pasta do Morandi.

— Mostra!

As três cabeças inclinaram-se sobre a mesa, mas nesse preciso momento apagou-se a luz.

— Oh! Que azar!

— Não é azar. Nesta ilha desligam a luz à meia-noite.

— Até dá jeito — disse o Pedro.

— Hã?

— Tens que devolver os originais o mais depressa possível. Aproveita a falta de electricidade e vai lá.

— E nós? — perguntou o Chico.

— Nós vamos para o nosso quarto estudar as cópias à luz da vela. Daqui a pouco voltamos cá abaixo. Combinado?

— Combinado.

Tactearam no escuro para pegarem nos papéis. Mário agarrou dois. Pedro outros dois. Em seguida separaram-se com o coração em alvoroço.

Chico foi o primeiro a entrar no quarto. Riscou um fósforo, acendeu a vela e só então puderam contemplar os dois papelinhos que ainda não tinham visto.

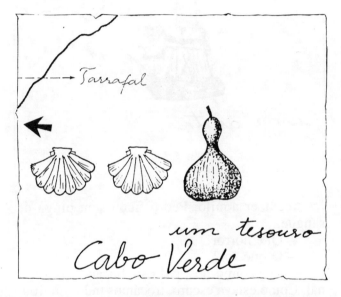

— Este foi o primeiro bocado de mapa que eles encontraram. Cá estão as duas conchas e a cabaça.
— E diz «Tarrafal, um tesouro, Cabo Verde».
— Mostra cá o outro bocado. Tem um barco com dois corvos e as palavras «Uma gruta».
— Só lhe falta o cantinho que nós descobrimos, com a rosa-dos-ventos. Encaixa perfeitamente. Queres ver?

uma gruta

Ao dizer aquilo, Pedro ficou sem pinga de sangue.

— Que horror!
— O que foi?
— Enganámo-nos, pá! Este bocado é o original. Como estava escuro, trocámos tudo. Eu trouxe uma cópia feita pelo Mário e um desenho verdadeiro.
— Estamos feitos! Os italianos vão perceber e é o fim.
— Calma. Eles agora estão a dormir. Só vão dar pela troca amanhã de manhã. Temos tempo para...

Uma gritaria no andar inferior cortou-lhes a palavra.

«CRÁS! PAM! BAF! ZÁS!»

Os dois rapazes precipitaram-se pela escada abaixo e entraram no quarto onde os italianos sovavam o pobre Mário que, todo encolhido, não ousara defender-se e dizia apenas:

— Vim buscar uma aspirina! Só vim buscar uma aspirina para a dor de cabeça!

Como estava tudo às escuras resolveram aproveitar e meteram-se ao barulho. Chico recuou para tomar balanço e numa investida de toiro atingiu o gordo com uma cabeçada no estômago.

A única reacção foi um som cavo seguido de tosse:

— Hug! Cof! Cof!

Pedro entretanto brindava o outro com caneladas especiais que o faziam guinchar.

A algazarra acordou os hóspedes e os donos que acorreram a ver o que se passava. O primeiro a chegar foi um homem entroncado que perguntou com um vozeirão:

— O que vem a ser isto?

A resposta não se fez esperar. Ferraram-lhe um murro nos queixos. Ele não era pessoa para aceitar que lhe batessem sem retorquir. Assim, antes de mais nada, esticou o braço e pás, pás! Deu duas bofetadas na cara mais próxima. Os italianos não faziam a mínima ideia do que se passava. Por que motivo surgia ali aquela gente toda? Quem seriam? E por que diabo se envolviam ao estalo? Sem luz era difícil perceber em que sarrafusca se tinham envolvido e a única hipótese era defenderem-se.

Julgando que cada um que chegava os ia agredir, antecipavam-se e distribuíam lambada a torto e a direito. Naquela noite, a pacata pensão familiar parecia uma casa de doidos. Os vizinhos estranhavam ao ouvir gritos, berros, móveis derrubados. Pedro e Chico aproveitaram para arrastar Mário dali e perguntaram:

— Eles deram pela troca?
— Qual troca?
— Ah! Já vejo que não. É que a gente enganou-se ao pegar nos mapas.
— E agora? Se eles descobrem dão cabo de mim. Deram-me uma sova só porque apareci no quarto deles. Nem sequer desconfiam que eu peguei nos mapas.
— E aonde é que estão?
— Já os repus na pasta. Quando ia a sair acordaram e ficaram fulos de me ver ali. Revistaram-me, mas por sorte eu já não tinha nada comigo.
— Então para já não te preocupes. Havemos de encontrar uma solução.

Naquele momento viram uma luzinha tremeluzir na escada. A dona da casa vinha lá com uma vela acesa.

— Fujam! — disse o Mário. — É melhor que não os encontrem comigo!

Os dois rapazes foram rapidamente para o andar de cima e ficaram à espreita, mas para os italianos o mistério da pancadaria nocturna ficaria por desvendar, porque o vento abriu uma janela e todos os cabo-verdianos presentes se quedaram maravilhados. Nem queriam acreditar que o ruído leve e contínuo que se ouvia lá fora era mesmo

chuva. Um deles estendeu o braço a medo, e quando sentiu a frescura da água na palma da mão gritou:

— É chuva! Está a chover.

A alegria foi indescritível. Ninguém pensou mais nos hóspedes que julgavam ter desencadeado uma briga e saíram de roldão para a rua. Não tardou que alguém fosse buscar um leitor de cassetes a pilhas bem potente. Música alegre encheu, o ar, espalhou-se pelo largo, pelo jardim, pelas vielas estreitas e de toda a parte surgia gente a dançar. Uns descalços, outros de chinelos, de fato de banho ou de gabardina, velhos e novos saudavam o fim da seca numa euforia sem fim.

Pendurados na janela, Chico e Pedro observavam-nos com ternura.

— Parece-me que só hoje é que percebi realmente o que significa viver num país onde há falta de água.

— O Sr. Manuel Lopes deve estar contente. Se calhar está convencido que foram as rezas dele a conseguir este efeito.

Capítulo 12

Apanhados pelo ciclone

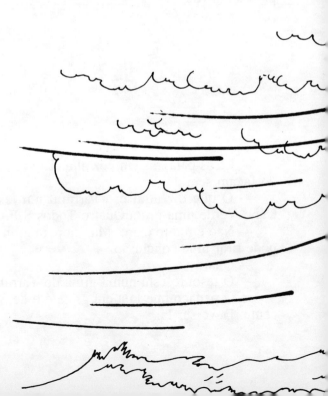

— Vamos fazer o *puzzle* a ver que tal — propôs o Chico. — Estou morto por saber onde raio esconderam o tesouro.

— Isto só por tentativas. Vou experimentar pô-los em fila.

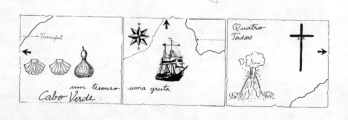

— Lê as palavras em voz alta. Talvez ouvindo façam sentido.

— O que diz aqui é: «Tarrafal um tesouro Cabo Verde uma gruta Quatro Todos S F.»

— Não é muito claro. Mas cá para mim já se pode tirar uma conclusão.

— Qual?

— O tesouro está numa gruta do Tarrafal.

— O pedaço que fala em gruta é o de S. Vicente. Deve ser lá.

— Era bom. Mas no mapa que a guia turística nos mostrou não havia nenhum Tarrafal em São Vicente.

— Tens a certeza?

— Tenho.

Desconsolados, olharam para a caravela onde viajavam dois corvos negros. E de súbito Pedro deu um berro:

— Isto está mal, pá!

— O quê?

— Os bocados arrumam-se de outra maneira. Não vês a seta? É para cima.

Excitadíssimo, refez o *puzzle*.

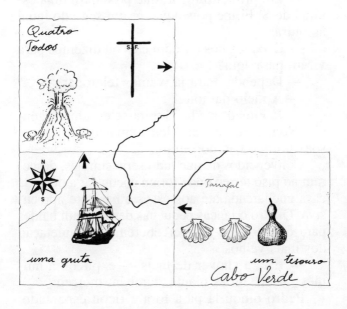

E assim que os três papéis se encaixaram, uma coisa se tornou evidente:
— Ainda falta um! — exclamaram em coro.
— São quatro pedaços.
— Ora bolas!
— Onde é que estará o resto?
— Eu não percebo nada de santos. Mas não é preciso ser muito inteligente para ver que a última seta aponta para São Filipe. Olha as iniciais: S. F.
— É lá que estão as gémeas e o João!
— Temos que comunicar com eles o mais depressa possível.
— E dizemos o quê?
— Em primeiro lugar, que procurem uma estátua de S. Filipe pois deve ter um segredo igual às outras.
— E vamos nós ter com eles ou dizemos para virem para aqui?
— Depende. Para já, vamos telefonar.
— A meio da noite?
— Já é madrugada. E trata-se de uma urgência. Nem sequer há problema em acordar as pessoas porque não dormiram.
Convencidos de que tudo seria simples, desceram ao piso térreo onde foram encontrar a dona da casa encharcada até aos ossos e bastante apreensiva. Quatro crianças pequenas despejavam baldes para o pátio sem se aperceberem da inquietação dos mais velhos.
— Está a chover de mais — explicou a mulher. — Assim as plantas também morrem.
Pedro olhou lá para fora e ficou espantado.

Não tinha dado conta que a pouco e pouco a chuvinha mansa se transformara em temporal. O céu clareava, exibindo nuvens negras que corriam a grande velocidade empurradas por uma ventania louca. As ruas começavam a ficar inundadas e ouvia-se ao longe uma torrente que escorria dos montes e ia engrossando de forma ameaçadora.

— É um ciclone — disse o marido, procurando dominar-se para não assustar a família. — Não é a primeira vez que acontece.

A palavra «ciclone» trouxe-lhes à memória imagens terríveis que já tinham visto no Telejornal. Casas sem telhas, árvores arrancadas pela raiz, inundações pavorosas, carros de pernas para o ar, animais mortos, pessoas feridas e o locutor a dar a notícia com um ar solene. Um arrepio desagradável percorreu-lhes a espinha, mas ambos se aguentaram sem dar sinal de alarme. Mudar de assunto seria uma boa ajuda.

— Queríamos telefonar — disse o Chico. — Tem telefone?

— Não. Só nos correios. Abrem às oito.

Os rapazes consultaram o relógio. Já não faltava muito. De qualquer forma, esperar é sempre uma maçada. E então naquelas circunstâncias ainda era pior. A chuva caía agora em bátegas violentas e a rua ia-se enchendo de pedras, detritos, bolas de lama. As pessoas tinham corrido a abrigar-se mas eles optaram por sair. Naquela casa não serviam refeições. Para comer era necessário ir ao café do jardim. Mesmo que estivesse fechado, a empregada com certeza lhes abria a porta porque era muito simpática. E enervados como estavam, não queriam ficar ali. Emprestaram-lhes um guarda-chuva e eles lá foram. Assim que puseram os pés na rua, a água subiu-lhes até ao tornozelo. De pouco serviu também o guarda-chuva, pois o vento dobrou-lhe as varetas quase arrancando o pano! Com a roupa ensopada, os sapatos embebidos na pasta viscosa que escorria por toda a parte, apareceram no café a tiritar.

— Podemos comer alguma coisa, por favor?

A rapariga olhou-os entre divertida e admirada.

— Não há pão, nem leite, nem manteiga. As lojas estão fechadas por causa do ciclone. Mas entrem que vou ver o que se pode arranjar.

A sala parecia um lago, com a água a escorrer por baixo da porta. Sentaram-se no único canto ainda seco e disfarçaram a ansiedade dizendo piadas:

— Quando quisermos sair daqui só de barco!
— Ou a nado!

Da janela avistava-se o leito da tal ribeira brava que dera o nome à povoação. Habitualmente seca, servia agora de novo como percurso a uma ribeira bravíssima! Ameaçava mesmo transbordar.

Daí a pouco trouxeram-lhes uma travessa fumegando.

— Se quiserem comer, só cachupa. Sobrou de ontem à noite.

Nunca tinham provado cachupa, embora soubessem que era um prato tradicional de Cabo Verde mas, sentindo-se esfomeados, serviram-se logo com abundância.

— O cheirinho é bom!
— E o sabor ainda é melhor.

Aquela refeição forte devolveu-lhes um certo ânimo. Nenhum deles confessara o medo que lhes provocava o ciclone, preferindo armar em fortes.

— Já são oito horas. Vamos telefonar?
— Vamos.

Ignorando a chuva torrencial, nem tentaram proteger-se e encaminharam-se para os correios. Primeiro falaram para os amigos da cidade da Praia e ficaram a saber em que hotel estavam as gémeas, o João e os cães. Depois ligaram para lá. A conversa foi breve. Pedro só teve tempo de dizer:

— Estamos na ilha de São Nicolau. Descobrimos que falta um papel que deve estar escondido dentro de uma imagem de S. Filipe. Procurem-na e...

Impossível continuar, pois um raio logo seguido de trovão derrubou o poste dos telefones. O ciclone crescia de tom.

Bastante assustada, a funcionária dos correios meteu a cabeça no guiché e anunciou:

— Pronto! Agora é que ficámos completamente isolados do mundo.

— Hã?

— O aeroporto foi a primeira coisa a fechar. Não levantam nem aterram aviões. As estradas estão cortadas há uma hora. E agora ficámos sem telefone.

— Isto costuma durar muito? — perguntou o Chico com um esgar.

— Depende. Na nossa terra é assim. Ou não temos chuva ou quando vem é uma catástrofe.

As sílabas de catástrofe rolavam na língua de uma forma bem desagradável! Pedro ainda tentou brincar:

— Tudo culpa do Sr. Manuel Lopes. Acho que ele rezou com demasiada convicção...

— Deixa-te de graças que estamos metidos num grande sarilho. Nem sei o que havemos de fazer.

— Quanto a isso é muito simples. Voltamos para casa, tomamos um banho se os canos ainda não tiverem rebentado e mudamos de roupa.

— E depois?

— Esperamos que isto passe e que as gémeas nos contactem.

— Achas que elas perceberam o que tu disseste?

— Espero que sim!

Capítulo **13**

Na ilha do Fogo

As gémeas tinham percebido muito bem o que ele queria. Só não entenderam por que desligara tão de repente! É que as ilhas de Cabo Verde são suficientemente espalhadas no oceano para poder estar um temporal sobre duas ou três e um dia lindo nas outras. Não lhes passava portanto pela cabeça que os amigos vivessem momentos angustiosos debaixo de um ciclone, enquanto ambas se divertiam à grande na piscina do hotel. Tanto elas como o João adoravam estar ali, embora não tivessem encontrado o menor rasto dos italianos e do seu «prisioneiro». Mas viver uns dias na ilha do Fogo é uma experiência única, porque esta ilha é um vulcão com uma cratera no topo que ainda fumega de vez em quando. Na encosta vêem-se grandes rios de lava negra e seca, que escorrem lá do alto até ao mar assinalando o caminho das várias erupções. No entanto, se lá por dentro a terra ainda rosna e se revolve entre pedras incandescentes, por fora não pode ser mais linda! Campos cultivados, pequenas aldeias, praias de areia preta muito fina, limpa e brilhante. A cidade de São Filipe, então, é uma beleza. Ruas empedradas, casas antigas e uma vista soberba! Para onde quer que uma pessoa se volte, lá está o mar imenso e a ilha Brava, minúscula, rochosa, com uma particularidade. Mesmo que o céu esteja límpido a toda a volta, tem sempre um chapelinho de nuvens por cima. Um chapelinho à sua medida, elegante como um adorno.

As pessoas orgulham-se da sua terra e manifestam um carinho muito especial pelo vulcão. Os que assistiram à última das erupções gostam de contar como foi, de reviver aquele susto tremendo. Foram muitos os velhotes a fazer-lhes o relato. E terminavam sempre da mesma maneira:

— Julgámos que era o fim do mundo. Pensámos que íamos morrer todos!

Mas diziam-no com um sorriso e a vaidade dos que passaram por momentos difíceis e sobreviveram.

Entre os mais novos, o entusiasmo não é menor. E a prova está no nome de uma das equipas de futebol: Vulcânico Futebol Clube.

As gémeas e o João já tinham feito amizade com várias pessoas. Quando iniciaram as buscas foram perguntando a este, àquele, e depressa chegaram até ao Sr. Gaspar, sacristão da igreja matriz. Era um homem simpático, bem-disposto. Antes de lhes dar a informação que pretendiam, resolveu brincar:

— A imagem antiga de S. Filipe? Sei aonde está mas só lhes digo numa condição.

—Qual?

— Quero que me tirem uma fotografia com os meus filhos.

— Com certeza. É só chamá-los.

Satisfeito com a resposta, o homem assobiou para a esquerda, para a direita e surgiram dez crianças de várias idades e de todas as cores. Perante o olhar surpreendido das gémeas, ele explicou risonho:

— São todos filhos do mesmo pai e da mesma mãe, sabem? Mas nas veias dos cabo-verdianos corre sangue de muita gente. De europeus e africanos que vieram para ficar. De piratas que por aqui passaram há séculos. Enfim, a gente olha para estas carinhas e vê isso mesmo. Ora aparecem as feições de um antepassado ora de outro.

Muito contente com a sua família, passou os braços à volta dos ombros da filha mais velha.

— A Joana herdou a pele muito escura da avó e os olhos verdes do bisavô. O resultado é bonito, não é?

A rapariga ficou envergonhadíssima e baixou a cabeça.

— Pronto, vamos lá que os amigos têm pressa.

João sugeriu que se distribuíssem como as equipas de futebol, já que eram onze. Eles acharam graça, tomaram lugar uns de pé, outros de cócoras. Teresa disparou o clic, escreveu a morada do homem e só depois voltou a perguntar:

— Afinal onde é que está a imagem?
— Em Chã das Caldeiras.
— E isso é longe?
— Bastante. Chã das Caldeiras é uma pequena aldeia na cratera do vulcão.
— Ah!

— Quando lá chegarem procurem o Sabino Corisco, porque é ele que a tem.
— Como é que se vai para lá?
— Alugam um carro. Aí adiante encontram vários que podem fazer o serviço.

Despediram-se então e seguiram para a rua íngreme onde estacionavam não propriamente carros mas pequenas camionetas de caixa aberta com bancos corridos em cima. Uma delas ia partir para Chã das Caldeiras e ainda tinha dois lugares disponíveis. Os outros passageiros estavam instalados e transportavam consigo uma quantidade indescritível de cestos, sacos, mochilas. Iam acampar dentro do vulcão e a perspectiva não podia agradar-lhes mais. Excitadíssimos, faziam planos para a escalada em diversas línguas.

O condutor propôs:
— Se quiserem vir connosco, subam.
— Mas só há dois lugares!
— Não faz mal. Um de vocês viaja comigo à frente.
— E os cães?
— Os cães alapardam-se para aí de qualquer maneira, nem lhes cobro bilhete porque gosto muito de animais.
— Está bem. Nesse caso nós as duas vamos atrás e tu vais à frente, João.

Escusado será dizer que ele ficou com pena. Apetecia-lhe mais ir com os campistas loucos do que ao lado de um velhote. Mas paciência!

As gémeas encaixaram-se prontamente no meio da rapaziada com o *Caracol*. O pior era arranjar espaço para o *Faial*. Foi preciso arrumar melhor a bagagem e mesmo assim ele ainda ficou com o focinho sobre as pernas de uma rapariga que perguntou a medo:

— Não morde?

— Só se o dono mandar — disse a Teresa. — Mas como ele vai na cabina com o motorista não há problema.

— Oh! Mesmo que fosse aqui, não ia fazer uma coisa dessas.

— Até é um bonito cão.

Faial arreganhou os dentes e lambeu a mão do rapaz que dissera aquilo como se tivesse percebido e apreciado o elogio.

Pela ladeira acima a camioneta gemia, queixando-se de peso excessivo. A estrada não era má, apesar de a subida ser íngreme e espectacular! Chã das Caldeiras ficava a mil e seiscentos metros de altitude. Para chegar à aldeia tiveram que atravessar duas nuvens gordas tão densas que se perdia a visibilidade. Mas lá em cima estava um dia lindo.

— Vamos entrar na boca mais antiga deste vulcão — explicou uma das campistas. — As primeiras erupções jorraram daqui, mas agora é uma terra onde se pode cultivar milho, vinha e árvores de fruto. Se o vulcão não desapareceu foi porque se formou outra chaminé. É lá dentro que vamos passar a noite.

— Já lá estiveram alguma vez?

— Eu já. Sou neta de cabo-verdianos e costumo vir passar férias aqui. Mas eles não conhecem. É por isso que estão com medo...

A rapariga foi imediatamente interrompida:
— Medo? Que ideia!
— Eu até acho que é fácil — disse um deles.
— Olhem para o nosso vulcãozinho e digam-me se não é apetitoso para uma escalada!

Ao longe erguia-se um cone de traços tão simples como se se tratasse de um desenho de criança. As paredes eram lisas e dir-se-ia fácil de escalar, mas tratava-se de uma ilusão de óptica, pois não só era muito mais alto do que parecia como não havia caminhos por onde subir. Só os guias sabiam qual o percurso possível para chegar à cratera.

A camioneta avançava devagar. Todas as distâncias naquela zona deviam ser ilusórias, porque dava a ideia de que estavam quase e nunca mais chegavam! De um lado e de outro da estrada já não havia terra que se visse. Apenas pedregulhos castanhos ou negros que para ali tinham sido cuspidos a arder e que depois de arrefecerem ficaram assim.

Finalmente entraram na aldeia onde, como não podia deixar de ser, as casas eram todas de pedra. Algumas ainda mantinham cobertura de colmo, o que lhes dava um ar deliciosamente primitivo. Ao contrário do que esperavam, havia grande animação. Antes deles tinham chegado dois outros grupos de turistas que também queriam subir à cratera. Homens, mulheres e crianças rodeavam-nos dando informações e oferecendo os serviços de guia.

As gémeas e o João perguntaram logo pelo tal Sabino e indicaram-lhes uma casinha redonda ao pé de um forno também em pedra onde ele cozia pão de milho.

Como toda a gente ali, foi afável com os visitantes:

— A imagem de S. Filipe? Oh! Há quanto tempo ninguém me pergunta por ela!

— Nesse caso está consigo! — exclamou a Luísa de olhos a luzir. — Que bom.

— Foi o meu avô que a trouxe. E fez-lhe um nicho mesmo ao tamanho. Ora venham comigo, que eu mostro.

Nenhum deles se fez rogado. A casa não tinha janela, só tinha porta. O chão era de terra batida e quanto a mobília, reduzia-se ao mínimo. Mesa, duas cadeiras, uma cama estreitinha e duas arcas. Em cima, uma caneca de barro com leite de cabra e uma cesta de maçãs verdes muito pequeninas.

O nicho e a imagem de madeira pintada destoavam naquele ambiente simples.

— Podemos pegar-lhe? — pediram a medo.

O homem hesitou.

— Pegar-lhe para quê? Se não vêem bem, eu acendo uma vela.

— É que queríamos tirar uma fotografia para a nossa colecção — disse a Luísa. — Se nos deixasse era só levá-la ali fora com todo o cuidado. Depois voltamos a pô-la no sítio.

Um pouco contrariado, Sabino não teve coragem para recusar. João e Teresa retiraram-na do nicho, trocando olhares de entendimento com a Luísa. Ela entendeu a mensagem. Era preciso distrair o dono. Chamou-o então para a rua e perguntou:

— Onde é que será melhor pousar a imagem para ficar na fotografia com o vulcão ao fundo? Talvez aqui atrás da casa, não?

Com esta conversa atraiu-o para fora. Teresa e João puderam revistar o santo à vontade. Tactearam a cabeça, o corpo, a base e as pregas do manto. Quando sem querer accionaram o mecanismo e se ouviu um clique, quase desmaiaram de satisfação. No orifício redondo cabiam dois dedos. Lá dentro, muito bem escondido, estava o último pedaço do mapa. Ignorando os planos do Pedro, meteram-no ao bolso com certo remorso. Era bom encontrarem o que queriam mas não era agradável enganar o homem que tão bem os recebera, a ponto de deixar que mexessem na única coisa valiosa que possuía.

Optaram no entanto por pôr uma tampa na consciência e seguiram viagem ansiosos por chegar a São Nicolau.

— O Pedro disse para irmos lá ter? — perguntou o João.

— Não. Mas parece-me lógico.

— O pior é se eles estão a caminho e nos desencontramos!

— Não sejas pessimista. Temos é que nos despachar para não perdermos o avião.

— Estou louca por saber se eles têm novidades.

— Nós temos!

Capítulo **14**

De novo juntos

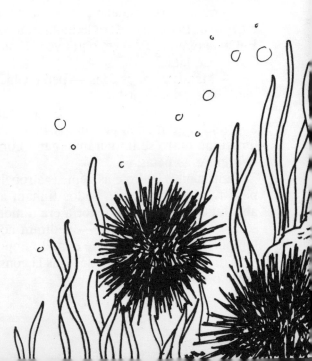

O avião onde viajavam foi o primeiro a poder aterrar em São Nicolau depois da tempestade. Quando Pedro e Chico, ainda mal refeitos do susto que tinham apanhado, viram os amigos chegar de mala aviada ficaram loucos de alegria! Tinham tanta coisa para contar uns aos outros! Mas não podiam fazê-lo na frente de ninguém, por isso foram a correr enfiar-se no quarto. O pior é que o quarto era pequeno para tanta gente. *Faial* e *Caracol* ficaram de fora ladrando furiosamente. Então agora que estavam outra vez reunidos eram postos de lado?

— Manda calar os cães — pediu Chico. — Se não ainda temos sarilho.

João entreabriu a porta e deu as suas ordens ao *Faial*, que mudou de tom. A partir daí, tanto um como outro se limitaram a ganir com o focinho entre as patas.

Entretanto, Pedro e as gémeas atropelavam-se para falarem primeiro. Todos tinham a certeza absoluta de que a sua história era a melhor!

— Deixa-me contar! — pediram ao mesmo tempo. — Ouve só isto que é muito importante...

Foi difícil entenderem-se. Mas lá conseguiram fazer o relato completo.

— Temos portanto os italianos e o Mário fechados no quarto do andar de baixo, com certeza à espera de avião para o Fogo, aonde vão em busca do pedaço que vocês encontraram. Mas avião só amanhã.

— E temos aqui o mapa completo do tesouro. Ah! Ah! Que sensacional!

Chico alinhou os quatro bocados em cima da cama.

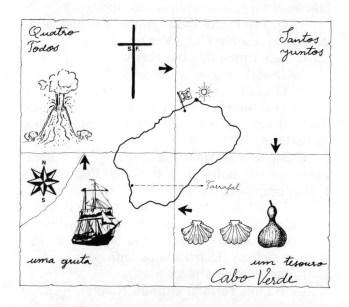

— E o que é que se conclui olhando para isto?

Durante alguns instantes ficaram para ali especados a tentar decifrar a mensagem que um pirata desconhecido preparara sabe-se lá quando e para quem.

Foi Pedro quem leu as palavras, optando pela solução mais simples, ou seja, lê-las na horizontal.

— Quatro santos todos juntos Tarrafal numa gruta um tesouro Cabo Verde.

— Talvez fique mais claro se lhe pusermos a pontuação — sugeriu a Teresa. — Ora experimenta lá.

Luísa recitou a mesma frase, mas como se houvesse vírgulas onde pareceu melhor.

— Quatro santos todos juntos, Tarrafal numa gruta, um tesouro Cabo Verde.

E logo a irmã deu um berro:

— Já sei!

— O quê?

— O tesouro está escondido numa gruta do Tarrafal. Oh, que bom, descobrimos tudo! Somos os maiores.

E impulsivas como sempre, as gémeas abraçaram-se aos pulos de satisfação. Pedro ainda tentou acalmá-las.

— Esperem aí. Vamos ver se há outras possibilidades. Isto pode ser lido de muitas maneiras.

Mas foi inútil. Teresa e Luísa estavam eléctricas e tinham electrizado os outros dois. Eufóricos, puseram-se a fazer planos.

— Há um Tarrafal em São Nicolau — disse o Chico.

— Vamos já para lá — pediu o João.

— E depois, se acharmos o tesouro, trazemo-lo para aqui e negociamos com os italianos nesta mesma casa...

— Vai ser giríssimo! Tal e qual como nos

filmes. Negociamos à noite, à luz da vela, sem ninguém ouvir... eh! eh! eh!

— E já com o Mário ao nosso lado, festejamos com uma ceia monumental! Havemos de comprar tudo o que houver de melhor nesta terra.

— Oh! Vai ser tão bom!

Pedro era o único a não participar na conversa. Não gostava de cantar vitória antes do tempo e a maneira como falavam não lhe agradava.

— Nunca se deve subestimar os adversários. Vocês estão a facilitar demasiado — repetiu várias vezes.

Ninguém lhe deu ouvidos. Ainda por cima eram quatro contra um! Por isso submeteu-se à opinião da maioria e aceitou a ideia de que tinham que ir para o Tarrafal o mais depressa possível. Ainda se lembrou que seria prudente prevenir o Mário, mas desistiu. E foi pena. Se tivesse tentado entrar em contacto com ele, ficava a saber que saíra de manhãzinha com os italianos e que os três se dirigiram precisamente para o Tarrafal, onde tencionavam ir desde que a dona da casa lhes dissera que havia grutas nas praias daquela vila. Assim, julgando correr à frente deles, iam de novo atrás.

Para poderem levar os cães foi necessário alugar um jipe. O condutor conhecia muito bem a sua ilha e como o Chico lhe perguntou por grutas na zona, ele nem se deteve na povoação e levou-os a uma praia deserta, pequenina mas estupenda.

— Podem tomar banho à vontade — disse. — Eu vou dar uma volta por aí! Quero desentorpecer as pernas. Daqui a nada apareço.

Era exactamente isso que lhes convinha.
— Vá à vontade!
— Não tenha pressa!

Separaram-se com grandes acenos. João foi o primeiro a descer ao areal. As rochas ali formavam um semicírculo com a praia no meio. E rente ao chão lá estava a entrada para a gruta mais estreita e achatada que se possa imaginar.

— Acham que é aqui? — perguntou.
— Não me parece — disse o Chico. — Não tem esconderijos.
— De qualquer forma é melhor explorá-la.

As gémeas deitaram-se ao comprido e rastejaram lá para dentro. *Caracol* foi atrás. Realmente era lisa, mas muito funda! Como nenhuma queria desistir sem explorar todos os cantinhos, continuaram a avançar pela terra dentro.

Chico e João preferiram ir procurar outras grutas.

— De certeza que há mais!

Com o *Faial* pela coleira escalaram um rochedo arredondado, e foram caminhando pela beira-mar. Havia poças de água morna onde nadavam peixes de várias cores. Alguns eram fosforescentes.

— Daqui a nada atiro-me à água — disse o Chico. — Não vejo gruta nenhuma e estou cheio de calor.

João ia a responder mas deu um berro:
—Aiii!!
— O que foi?
— Não sei. Piquei-me em qualquer coisa.

Só então repararam que a rocha estava cheia

de ouriços negros. Um deles acabava de cravar dezenas de picos no pé do João!

— Espera que eu arranco-tos com as unhas.

Os dois rapazes sentaram-se com todo o cuidado para não haver mais acidentes e tentaram retirar os picos à mão. Impossível! Quanto mais puxavam, mais eles se enterravam na carne.

Pedro ficara sozinho junto da camioneta.

«Não sei porquê, não acredito que estejamos no sítio certo», pensava de si para consigo. «Nós não conseguimos ainda ler este mapa como deve ser.»

Pouco disposto a ir procurar grutas a eito, retirou do bolso os pedaços de mapa e refez o *puzzle*. Entretido a tentar reconstituir o raciocínio do pirata, não se apercebeu que vinha lá um outro carro. Só quando estava demasiado próximo e já era impossível fugir ou chamar os amigos, levantou a cabeça e viu, horrorizado, quem tinha pela frente!

— Os italianos! — balbuciou. — Os italianos!

Os homens apearam-se com cara de poucos amigos. Mário ficou no banco traseiro a olhar para ele como quem diz «Não posso fazer nada! Desculpem mas não posso fazer nada!».

Onde estaria o motorista? Onde estaria o *Faial*? Pedro queria gritar por eles mas não lhe saía a voz. Ainda tentou dar uma corrida até ao jipe na ideia de se servir da buzina. Não foi a tempo. Domenico e Morandi cercaram-no e enquanto um lhe deitava a mão o outro atingiu-o em cheio na nuca com um pedregulho. Uma dor aguda na cabeça fê-lo cambalear, ver o mundo a andar à roda e perder os sentidos.

Capítulo 15

O que foi isto?

— Acorda, Pedro! Acorda! — gritava o Chico em desespero.

O motorista abanava-o com quanta força tinha sem qualquer resultado. João amparava-lhe a cabeça, aflito. Quanto às gémeas, tiveram a feliz ideia de encharcar uma toalha de praia e depois torcê-la sobre a cara do Pedro. O contacto com a água fria teve efeito imediato. Ainda de olhos fechados pôs-se a gemer baixinho:

— Ai! A minha cabeça... dói tanto!

Satisfeitos por verem que recuperava os sentidos, sentaram-se no chão à sua volta.

— Pedro! — disse a Luísa. — O que é que aconteceu?

Ele tentou erguer-se mas não foi capaz.

— Vejo tudo a andar à roda.

— Então deixa-te estar quieto. Fala só quando te sentires melhor.

Todos se dispuseram a aguardar o tempo que fosse preciso menos o motorista. Esse espumava de raiva e fazia sem cessar a mesma pergunta estúpida:

— Onde é que meteste o meu jipe? Hã?

Aquela frase ressoava dentro da cabeça do

Pedro como um disco estragado. Num esforço para o obrigar a calar-se, gritou:

— Não fiz nada ao seu jipe! Nem sei guiar!

Mas ao abrir os olhos é que percebeu.

O jipe tinha desaparecido. E o mapa do tesouro também.

— Meu Deus! — exclamou. — Os italianos roubaram tudo.

— Eles estiveram aqui? — perguntou o João.

— Estiveram. Deram-me uma traulitada na cabeça e depois com certeza levaram o carro para nos deixarem sem transporte.

O motorista ia tendo um ataque:

— Escuta lá — berrou —, quem são esses italianos? Hã?

Como haviam de responder sem falar no Mário, na caça ao tesouro, no perigo que corria o tal Nelson retido em Itália? Atarantados, baixaram a cabeça e ficaram em silêncio.

Felizmente o homem estava tão fora de si que nem reparou naquela atitude comprometida.

— Pelos vistos têm qualquer problema a resolver com uns italianos, mas eu não quero saber disso para nada, hã? Quero o meu jipe. O carro é meu!

— A culpa é sua — declarou o Chico já irritado. — A culpa é toda sua.

— Minha? — berrou o homem com as veias da testa a latejar. — Ora repete lá isso outra vez!

— A culpa é sua porque deixou a chave na ignição. Toda a gente sabe que isso não se faz.

— Talvez seja assim na tua terra. Aqui não há ladrões. Além disso esta praia é deserta e ninguém podia pegar no carro porque vocês não têm carta.

— E mesmo que tivéssemos não íamos roubar — ripostou a Luísa abespinhadíssima.

— Se parassem de discutir? — pediu o Pedro a quem doía horrivelmente a cabeça. — Preciso de ir procurar alguém que me desinfecte a ferida.

— Deixa ver.

Teresa segurou-lhe a nuca, afastou os cabelos empastados em sangue e ficou na dúvida. Devia dizer-lhe que tinha um lenho no couro cabeludo ou não?

— Que tal? Tem muito mau aspecto?

— A... é melhor irmos procurar um médico, sim.

— E o meu carro?

— Tenha calma, por favor — implorou o João. — Nós não podemos devolver-lhe o carro.

— Mas não se aflija! Como estamos numa ilha acabará por aparecer.

Tinha razão a Luísa. Assim que chegaram ao Tarrafal, depois de uma penosa caminhada, souberam que o jipe estava abandonado à entrada da vila. Como toda a gente conhecia o dono, apressaram-se a dar-lhe a notícia. O homem sossegou, mas foi verificar se não faltava nenhuma peça, se a pintura estava arranhada e até se lhe tinham roubado o pano de pó ou o macaco.

— Tudo em ordem — exclamou aliviado. — Os palermas dos vossos amigos só quiseram fazer-nos uma partida. Antes assim.

E já bem-disposto levou-os ao centro de saúde onde um enfermeiro tratou a ferida do Pedro

e ensinou o João a arrancar os picos do ouriço com água quente e uma agulha desinfectada em álcool.

De regresso à Ribeira Brava, nenhum deles abriu a boca durante todo o caminho. Iam obcecados com o mesmo pensamento: «Perdemos o mapa. E agora?»

De facto o problema não era fácil de resolver. Sobretudo porque além de perderem o mapa, tinham também perdido o rasto dos italianos. Logo que chegaram à pensão souberam que de momento eram os únicos hóspedes. Todos os outros tinham pago a estada e ido embora.

Infelicíssimos recolheram ao quarto.

— Acho que desta vez fomos derrotados — dizia o João. — Agora é impossível segui-los.

— Não sejas tão pessimista.

— E tu não te iludas. Não há nada a fazer.

Pedro interveio:

— Podemos tentar reconstituir o mapa de cabeça. Com a ajuda de todos é natural que seja possível. Vocês lembram-se de alguma coisa?

Acenaram-lhe vivamente que sim. E como de costume puseram-se a falar ao mesmo tempo.

— Tinha uma rosa-dos-ventos.

— E duas conchas!

— Não te esqueças da cabaça.

— E a cruz?

— Também havia corvos.

— Calem-se. Eu vou desenhar o que vocês dizem mas falem sem atropelos.

Pedro pegou numa folha de papel, dividiu-a em quatro e começou a fazer riscos.

— O que é isso?
— É o desenho do meio, que me lembro muito bem.

Os outros inclinaram-se para verem o que saía da ponta do lápis.

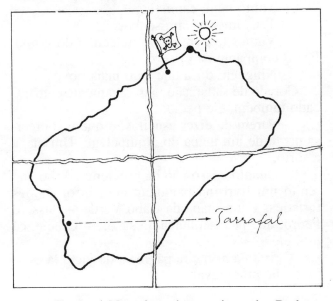

— Espera! Não desenhes mais nada, Pedro.
— Porquê?
— Porque o que aí tens é uma ilha.
— Pois. O que é que pensaste que era?

João, radiante com a sua descoberta, pegou no papel e virou-o de frente para os amigos.

— Prestámos tanta atenção aos pormenores que não reparámos numa coisa. Unindo os quatro pedaços, aparece ao meio o desenho da ilha onde está o tesouro.

— E qual é?
— Não sei. Mas deve haver alguma aqui em Cabo Verde com este feitio.

Ficaram todos a olhar para ele, pasmados. E logo a seguir choveram elogios:

— Muito bem, canina!
— Tens miolos, sim senhor.
— Vamos-te nomear o intelectual do grupo. Fazes companhia ao Pedro.
— Ninguém diria que és o mais novo!

Corado de satisfação mas vagamente embaraçado também, ele pediu:

— Parem de dizer asneiras, o que nós precisamos é de um mapa do arquipélago. Um mapa a sério.

— Quanto a isso não há problema. Acho que tenho um livro na bagagem com informações turísticas e um mapa de Cabo Verde — disse o Pedro, que já vasculhava no saco. — Olhem, cá está ele.

Abriram a primeira página e de facto lá estava o que procuravam.

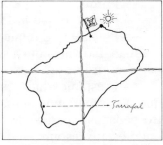

Não foi preciso muito tempo para soltarem o mesmo grito:
— É Santo Antão!
— Bolas! E nós para aqui às voltas feitos parvos.
— Temos que ir para o Tarrafal de Santo Antão.
— Enganam-se — declarou o Pedro com ar solene. — Agora já sei exactamente onde é a gruta que procuramos. A palavra Tarrafal foi posta ali para despistar.
— Então onde é a gruta?
— No sítio da bandeirinha do pirata.
— E onde será esse sítio?
— Perto de uma terra que tenha qualquer coisa a ver com um sol. A bandeira está perto de um sol, estão a ver?
—E há uma terra chamada Ponta do Sol.
A partir daí não pensaram noutra coisa senão em arranjar transporte para Santo Antão. Mas aviões, só daí a dois dias. Era muito tempo, não podiam esperar. Resolveram enfiar-se no pequeno escritório da agência de viagens e torrar a paciência às funcionárias. Sentaram-se nos sofás e recusaram-se a sair dali enquanto não lhes arranjassem uma solução. As raparigas eram simpáticas, disponíveis. Acabaram por ter uma ideia:
— Dirijam-se a uma terra aqui perto chamada Preguiça. Há vários homens que se fazem ao mar todas as noites, são pescadores. Talvez um deles vos possa levar.
— Excelente — disse o Pedro —, vamos fazer isso mesmo. Mas antes talvez a menina nos possa dar uma informação.

— Com certeza, o que é?
— Estiveram aqui dois italianos com um rapaz de Cabo Verde?
— Não.
— Oh! Que pena. Precisávamos tanto de saber para onde é que eles foram.
— Isso é fácil. Nas terras pequenas sabe-se tudo. Foram para a ilha de Santo Antão hoje mesmo.

A rapariga não percebeu por que motivo a notícia os agitava tanto. E eles saíram dali a cochichar:

— Também descobriram o enigma daquele mapa.
— Continuamos na mesma pista.
— E temos de nos despachar, porque eles levam um grande avanço.
— Ainda tenho esperança de lhes passar à frente.
— Oxalá! Mas receio que seja tarde de mais.

Capítulo 16

Momentos inesquecíveis

A Preguiça era um pequeno porto de pesca. Os barcos acostavam junto a um pontão construído de propósito para o efeito. Não tiveram dificuldades em convencer um pescador a levá-los e partiram ainda de noite. O mar estava calmo e o céu polvilhado de estrelas.

— Cheira a óleo — disse o Pedro, debruçado na amurada. — Oxalá que eu não enjoe.

O balanço nas ondas por muito suave que fosse deixava-o sempre vagamente mareado, por isso resolveu permanecer ali sem se mexer até ao fim da viagem. As gémeas, essas, iam radiantes. Sabia-lhes bem o ventinho salgado na cara. E perscrutavam o horizonte na esperança de ver, nem muito perto nem muito longe, as barbatanas terríficas dos tubarões que toda a gente dizia existirem naquelas águas. Mas apenas dois golfinhos lhes fizeram companhia.

A viagem seria longa. João e Chico aproveitaram para conversar com os pescadores. E a certa altura ocorreu-lhes perguntar:

— Os senhores conhecem bem a ilha de Santo Antão?

— Conhecemos a costa. Tem vários portos.

— Por acaso não nos sabem dizer onde é que há grutas?

— Hum! Isso dizem que há muitas, sobretudo no interior da ilha, nas montanhas.

— Mas nós queríamos era grutas à beira-mar. Também há?

— Há sim, nas Fontainhas.

— Fontainhas é um porto?

— Não. O porto mais próximo é a Ponta do Sol.

Ao ouvir aquilo, sentiram um baque no coração. Grutas perto de uma terra assinalada com um sol era exactamente o que procuravam. O tesouro devia estar nas Fontainhas!

João apressou-se a ir dar a boa nova aos amigos. Tudo indicava estarem no bom caminho! Chico continuou à conversa com os pescadores tentando obter mais informações úteis. Mas apesar de terem demorado quase cinco horas, não lhes disseram mais nada com interesse. O Sol ainda não tinha nascido quando puseram os pés numa praia minúscula apertada entre duas escarpas rochosas altíssimas. A povoação das Fontainhas ficava bastante acima, empoleirada na encosta. Desde as casas até à praia alternavam-se rochedos monumentais com pequenos socalcos que os homens tinham conquistado à força, obrigando a natureza a ceder-lhes um pedaço de terra para cultivar.

— Não sei se esta paisagem é estonteante ou se eu é que estou tonto! — exclamou o Pedro a quem era particularmente agradável sentir-se em terra firme.

Os outros riram-se. Estavam todos estafados mas ansiosos por irem procurar grutas. O dia clareava em tons pálidos de azul e cor-de-rosa. A pouco e pouco foi havendo luz suficiente para que descobrissem, maravilhados, uma imensidão de aberturas na rocha.

— Grutas não faltam. Parece que a dificuldade está na escolha! — disse o João.

— E se o lugar é este, chegámos primeiro que os italianos.

De facto, não se via ninguém por ali. A estrada acabava na povoação. Quem viesse de carro teria que estacionar lá em cima e descer a pé.

— Acho que estamos sozinhos.

— Por enquanto! O melhor é despacharmo-nos antes que chegue mais alguém.

— E começamos por onde?

— Para ser mais rápido, podíamo-nos dividir em dois grupos.

— Achas?

— Acho. Eu e o Chico, por exemplo, exploramos as grutas da direita que são acima do nível do mar. Vocês levam os cães e dão uma espreitadela nas da praia. Daqui a bocadinho encontramo-nos.

— Hum... está bem...

— Atenção! Quem encontrar alguma coisa chama logo os outros.

— Claro!

Antes de se separarem esconderam a bagagem numa cavidade longe da água. E depois lá foram cada um pelo seu caminho. As gémeas e o João entraram afoitos numa gruta enorme, com as paredes revestidas de algas e búzios cinzentos. *Faial* e *Caracol* seguiram-nos abanando o rabo como quem aprecia aquele passeio.

Para o Chico e para o Pedro, que tinham escolhido escalar a rocha, as coisas não eram tão simples. Pendurados em equilíbrio instável, com as mãos cravadas numa saliência bicuda que lhes arranhava a pele, ambos lamentavam não ter consigo qualquer equipamento.

— Que falta me fazem as picaretas!
— E cordas? Quem me dera também aquelas botas especiais.
— É melhor deixarmo-nos de lamúrias senão ainda caímos daqui abaixo.

Com um esforço tremendo, Chico içou-se para uma plataforma que não era muito grande mas que lhe podia servir de apoio, e assim que se viu lá em cima meteu a cabeça num buraco redondo.

— Ena pá! Isto é sensacional.

O eco devolveu-lhe logo uma porção de sons:
— «cional... onal... nal... al... al...»

Com a sensação de ter descoberto a entrada para um outro mundo onde a atmosfera era húmida, a luz dourada e ondulante e os sons cavos, profundos, ficou estático, alheio a tudo o resto. Pedro, que não conseguia amarinhar pela rocha, teve de lhe gritar:

— Ajuda-me que estou quase a cair!

Ele então virou-se, estendeu-lhe a mão e recomendou:

— Apoia-te naquele desnível e faz força! Upa!

Escarlate do esforço, Pedro atingiu por sua vez a plataforma e entraram juntos na mais espantosa gruta que se possa imaginar! O acesso fazia-se por uma espécie de tubo estreito que os obrigou a manterem-se de rastos. Adiante ia alargando, alargando até formar um salão imenso de tecto rugoso com uma série de grutas mais pequeninas a toda a volta. No chão abria-se uma fenda em bico por onde era possível ver o mar avançando e recuando com uma orla de espuma. Devia haver também uma abertura na parte superior, pois um fio de luz coava-se por entre as pregas da rocha e vinha iluminar uma estranha formação de corais muito antigos.

— Isto parece uma caverna de conto de fadas! — exclamou o Pedro. — Que lindo.

Chico não pôde responder-lhe. O que acabara de ver deixara-o mudo de espanto. As cordas vocais não lhe obedeciam. Por mais que tentasse não conseguia articular palavra. Só lhe saíam sons guturais:

— Glã... gã...

Pedro estranhou:

— O que foi? Estás engasgado?

Ele limitou-se a apontar, bastante acima da cabeça de ambos, uma pequena escultura feita por mãos de gente. Pedro seguiu aquele gesto com o olhar e quase desmaiou de alegria.

— Uma caveira e duas tíbias! Acertámos, Chico! Viemos ter à gruta do pirata.

O mesmo impulso fez com que se abraçassem efusivamente e depois mimosearam-se com uma boa dose de pancadinhas nas costas.

— Conseguimos!
— Que bom!

Mas a alegria durou pouco. A caveira estava fora do seu alcance. Se assinalava o esconderijo do tesouro, não era possível deitarem-lhe a mão. Pedro ainda tentou várias modalidades sem qualquer êxito. Por fim subiu aos ombros do Chico. Esticou-se o mais que pôde e pareceu-lhe ver uma arca de tampo abaulado com ferragens antigas. Mas podia ser uma ilusão de óptica provocada pelas sombras da cavidade na rocha e também pelo imenso desejo que tinha de ver aquilo! De qualquer forma, quer se tratasse de realidade ou de imaginação, não chegavam lá.

— Temos chamar os outros. Se fizermos uma escada humana pode ser que se atinja aquele maldito buraco.

Chico virou-se já disposto a ir procurar os amigos. Mas quando se preparava para retomar o caminho de volta, ficou sem pinga de sangue.

A maré tinha subido e inundara o corredor estreito que ligava a gruta com o exterior. Lívido de medo exclamou:

— Ficámos aqui dentro, pá! E agora?

Pedro hesitou apenas alguns instantes antes de gritar:

— Socorro!

O eco devolveu-lhe o apelo em sons que agora não tinham a menor graça e pareciam horrivelmente assustadores: «orro... orro... orro... ».

Era impossível que os ouvissem lá fora, porque as ondas cresciam bravas e rebentavam contra os pedregulhos com tal fragor, que abafavam tudo o resto. Apesar disso continuaram a gritar:

— Socorro! Socorro!

Capítulo **17**

O génio
da montanha

As gémeas e o João nunca poderiam ouvi-los porque se afastaram bastante. Já tinham explorado todas as grutas daquelas bandas. Eram engraçadas, mas pequenas e sem recantos onde se pudesse esconder fosse o que fosse. Agora escalavam a falésia do lado oposto àquele onde os rapazes se encontravam encurralados. Era difícil subir pelos caminhos estreitos e íngremes. A erva húmida dos salpicos da água do mar tornara-se escorregadia. *Faial* tinha que ser ajudado, pois aqueles trilhos não eram nada próprios para cães. Quanto ao *Caracol,* viajava atado à Luísa, que amarrara um blusão à cintura para poder levar o bicho e manter as mãos livres. Bem precisava delas! Constantemente perdia o equilíbrio e se não se apoiasse a quatro patas o mais certo era cair dali abaixo. *Caracol,* com os balanços, gania, gania não achando a mínima graça àquele estúpido passeio. Mas João vira lá no alto uma abertura na montanha que lhe pareceu convidativa, e as gémeas concordaram em ir até lá dar uma espreitadela. Embora estivessem exaustos com o esforço da subida, nenhum deles confessou que preferia desistir e continuaram sem trocar palavra.

Teresa foi a primeira a atingir a bocarra aberta na rocha. Era tão redonda que parecia feita pelo homem e não obra da Natureza. Dava acesso a um compartimento escuro como breu. Receando enfiar-se por ali sozinha, espreitou. À primeira vista, não havia senão teias de aranha e caganitas de cabra. Virou-se então para trás e gritou à irmã:

— Não valeu a pena! Isto é uma toca que serve de abrigo aos animais!

Luísa deteve-se para descansar um bocado. Pôs a mão sobre os olhos porque o sol a estava a incomodar e disse:

— Já que cheguei até aqui quero ir ver.

Atrás dela, João arrastava penosamente o *Faial*. O dono e o cão, de língua de fora, arfavam ao mesmo ritmo, ambos cheios de sede.

Um último arranque e juntaram-se todos no declive arredondado onde a montanha se abria para formar mais uma das milhentas grutas daquela ilha. João pôs-se de cócoras, meteu a cabeça no buraco e logo recuou assustado.

— O que foi? — perguntou a Teresa.

— Está qualquer coisa ali dentro.

— O quê?

— Não sei. Mas faz «Brrr... Brrr...».

As gémeas ficaram assustadas, embora não identificassem bem o ruído.

— Parece uma cobra a bufar?

— Ou uma fera a ressonar?

— Nem uma coisa nem outra. Acho que nunca ouvi nada deste género.

— Espreita outra vez — pediu a Luísa.

— Ora essa! Por que é que não espreitas tu?
— Porque tenho medo.
— Também eu.

Instintivamente olharam para o *Faial* e não ficaram nada sossegados! Com o pêlo eriçado e o focinho lançado para a frente, rosnava a meio-tom. Muito pálida, Teresa sugeriu:

— Se nos fôssemos embora?
— Eu ia, mas ao mesmo tempo tenho pena.
— Porquê, João?
— Porque se calhar é aqui que está o tesouro.
— Ora! Não creio que ouro ou pedras preciosas se ponham a rugir para afastar intrusos.

João riu-se, mas era um sorriso amarelo. Tinha o espírito dividido entre o medo, a curiosidade e algumas ideias loucas que foi preciso coragem para revelar.

— Não era isso, Luísa.
— Então, era o quê?
— Os piratas guardavam muito bem os tesouros. Lembrei-me que...
— Desembucha!
— Que pode haver aqui alguma coisa de mágico ou sobrenatural que impeça os homens de se apoderarem de riqueza escondida.
— Oh, João! Isso nem parece teu.
— O que é que queres que esteja ali dentro? Um génio? Um dragão que deite chamas pela boca?

Eram hipóteses absurdas e todos se haviam de rir se não estivessem sozinhos num local estranho, pendurados numa encosta sobre o mar que se arremessava de encontro à falésia em ondas cada vez mais fortes, cada vez mais bravas. O ambiente tinha algo de fantástico. O que noutro lado seria idiota, ali quase parecia possível. No entanto, a vontade de todos era fugir. Mas alguma coisa lhes atarraxava os pés ao solo.

— Irrita-me ter subido tudo isto e não ver o que há lá dentro.

— E eu gostava de perceber que tipo de ruído é aquele.

— Sim, este mistério não vai ficar por desvendar.

Pelos vistos estavam todos de acordo, só que nenhum tomava a iniciativa. Muito juntos, não desfitavam a abertura negra de montanha, mas quanto a dar o primeiro passo é que não. *Caracol* agitava-se cada vez mais, tornando-se incómodo. Luísa aproveitou para desamarrar o blusão e ver-se livre do peso. Pousou-o na erva e advertiu:

— Está quietinho, hã?

Mas ele, cansado de imobilidade, ignorando tudo acerca dos ruídos estranhos, não achou nada melhor do que ir a correr para dentro da gruta.

— *Ca-ra-col*! — berravam as gémeas em coro.

Faial seguiu-o imediatamente e os três amigos já se dispunham a ir também quando viram os cães sair espavoridos. Atrás vinha um bicho que nada tinha de sobrenatural.

— Um bode! — berraram agora os três a uma só voz. — Um bode!

O bode era enorme, de pêlo castanho luzidio, uma barbicha afiada e chifres imponentes. Tinha estado a dormir na sua gruta preferida e reagiu muito mal quando lhe interromperam o sono.

Assim desembestou atrás dos cães, marrando a torto e a direito.

Faial, passado que foi o susto, afincou as patas no chão e já formava um salto quando o bode atingiu *Caracol* em cheio na barriga. Perante o olhar aterrado das donas o pobre animalzinho levantou voo e caiu desamparado na ravina. Ganindo de aflição, foi rebolando de socalco em socalco em direcção ao mar.

Luísa percebeu que não podia segui-lo de pé, pois corria o risco de cair também.

«Vai morrer afogado!», pensou. «Vai morrer afogado.»

As lágrimas saltaram-lhe a quatro e quatro, mas ela nem se deu ao trabalho de as limpar. Sentou-se no chão e foi-lhe no encalço escorregando em ziguezague.

Teresa soluçava de mãos na cabeça e João meio aparvalhado repetia:

— Cuidado! Cuidado!

A água já estava próxima. *Caracol* transformara-se num rolo de pêlo branco. Teria perdido os sentidos? Já não oferecia qualquer resistência e rebolava como um objecto sem vida. Percorreu o último declive e... plof! Caiu à água.

Da garganta das gémeas saiu o mesmo urro:

— NAAÃO!!

Teresa, que ainda estava muito acima, largou num pranto sem fim e tapou a cara com as mãos. Luísa, mais próxima do mar, atirou-se de mergulho.

Horrorizado, João viu-a ser enrolada por uma onda e desaparecer. A rebentação estava forte.

Orlas de espuma cavalgavam sobre as vagas e atiravam-se de encontro às rochas com violência. *Caracol* ou já se tinha afogado ou não se distinguia da espuma.

De súbito uma cabeça encharcada emergiu e ainda tentou pedir socorro:

—Soco...

Mas logo outro vagalhão se sobrepôs arrastando-a para fora de pé.

João atirou-se às cegas pela ribanceira. Tinha que fazer alguma coisa! À frente dele corria o *Faial* que, chegando à beira-mar, não hesitou e lançou-se à água disposto a morrer ou a salvar os amigos. *Caracol* estava muito perto. Abocanhou-o pelo pescoço e nadou até junto do dono que acabava de entrar nas ondas. Com a cabeça empurrou-o para terra firme, como quem diz: «Ponham-se vocês a salvo que eu vou buscar a Luísa.»

João obedeceu, consciente de que se continuasse ali acabaria por atrapalhar.

Encharcado até aos ossos, trepou para um rochedo achatado e sentou-se. *Caracol* estava vivo! O corpo tremia-lhe como varas verdes e respirava com dificuldade.

Teresa apareceu, soluçando sem parar. Nenhum deles desfitou nem por um momento a pobre Luísa que ora emergia ora se afundava ao sabor da ondulação. *Faial* enfrentava o perigo sem vacilar. Nadou com quantas forças tinha até ao pé dela. Quando se aproximou o suficiente nem teve que fazer nada pois Luísa enfiou as mãos na coleira e deixou-se levar para terra.

Em cima do rochedo, João e Teresa abraçaram-se chorando de alegria. Luísa estava salva, *Caracol* também. *Faial* mais uma vez mostrara aquilo de que era capaz. Se não fosse ele tudo acabaria numa terrível desgraça! O dono recebeu-o orgulhoso e comovido. Pôs-lhe os braços à volta do pescoço e não resistiu a segredar-lhe baixinho:

— És o melhor cão do mundo!

E não é que ele parecia entender? Teresa amparava a gémea com imensa ternura.

— Estás bem, Luísa? Como é que te sentes?

— Tonta! Bebi muita água.

Caracol, já refeito, julgando-se à margem daquelas manifestações de carinho, soltava latidos fáceis de interpretar: «Então e eu? Não tenho direito a mimos?»

Quando se viram todos juntos e livres de perigo, ergueram a cabeça num mesmo movimento. Lá em cima estava o maldito bode, muito teso, muito empertigado, de guarda àquilo que considerava território seu.

— Repararam como os olhos dele faíscam? — perguntou o João.

As gémeas, combalidas, riram-se.

— Tu não desistes de encontrar o génio da montanha! — disse a Teresa.

— E tens razão — disse a Luísa. — Aquele bicho é diabólico. Se for necessário voltar à gruta não contem comigo. Só torno a subir este monte com o Chico e o Pedro!

Capítulo **18**

Presos na gruta

Coitados do Chico e do Pedro!
Tinham desistido de gritar e caminhavam à volta da gruta em desespero.

— Vamos morrer afogados! Vamos morrer afogados!

— Se perdermos a cabeça é que morremos de certeza! Tem calma, pá — ordenou Pedro com voz rouca. — Há feixes de luz que descem do tecto. Pode ser que encontremos outra saída.

Chico agarrou-se àquela réstia de esperança. Retesou os músculos para não tremer e percorreu a gruta devagar olhando para cima com redobrada atenção. Sendo uma superfície rugosa, às pregas, era difícil perceber exactamente de onde vinha a luz. De repente foi atingido na cabeça por qualquer coisa que nem era muito dura nem muito mole. Seria um morcego? Assustado, voltou-se. E julgou sonhar. Na sua frente balouçava uma corda grossa com dois nós na ponta.

— Pedro! — exclamou. — Pedro! Anda ver isto.

Ele chegou-se e a surpresa foi tal que permaneceu mudo alguns momentos. Era sorte de mais!

— Talvez as gémeas e o João tenham ouvido os nossos gritos — acrescentou o Chico.

— Mas eles não tinham cordas!
— Podiam ter ido buscar à aldeia.
— Impossível. Não deu tempo.

Lá em cima surgia agora um pé. Calçava ténis e a sola estava bastante gasta. Quem quer que fosse tacteava a parede em busca de apoio e a pouco e pouco foi-se deixando escorregar. Eles acompanhavam o movimento em silêncio. Quem seria? Era difícil perceber pois estava muito escuro. A dúvida persistiu até ao momento em que o inesperado visitante ainda pendurado na corda olhou para baixo e soltou um berro monumental:

—Aiiiii!
— Mário! — gritaram por sua vez os outros dois. — Tu?

O pobre rapaz com o susto tinha perdido as forças e caiu estatelado no chão. Por sorte já estava suficientemente perto para não sofrer mais do que umas arranhadelas.

— Julguei que eram fantasmas! — exclamou ainda meio tonto. — Nunca me passou pela cabeça encontrá-los aqui.
— Não viste as gémeas e o João na praia?
— Não vi ninguém.
— E os italianos?
— Estão lá fora à espera.
— Como é que descobriram esta gruta?
— Quando vos roubaram os mapas perceberam que o tesouro estava em Santo Antão por causa do desenho da ilha. Então viemos para cá, mas eles ainda estavam com a mania de procurar numa terra chamada Tarrafal. Perdemos imenso tempo. Não achámos nada.

— E depois?

— Depois estudaram melhor o mapa, dirigimo-nos às Fontainhas e perguntámos por grutas. Mandaram-me explorar esta em primeiro lugar porque é a maior. E vocês?

— Isso a gente depois explica, vamos sair imediatamente.

— Espera aí, Chico. Já não há tanta pressa.

— Porquê?

— Porque temos uma corda.

— E se a maré continua a subir?

— Por muito que suba não chega ao tecto. De resto parece-me que parou.

— Confesso que este ambiente me está a sufocar. Preferia ir-me embora.

— E vais. Mas antes quero espreitar aquela cavidade outra vez.

— Porquê? — perguntou o Mário. — Descobriram o tesouro?

— Não tenho a certeza. Ora sobe para os ombros do Chico para eu subir para os teus.

Os três rapazes empoleiraram-se como os artistas de circo e Pedro lá em cima esticou-se de encontro à parede até conseguir enfiar o tronco na cavidade. A arca lá estava, misteriosa, ferrugenta, à espera que alguém viesse desvendar um enigma com muitos séculos!

— Então? — perguntou o Chico a quem o peso dos amigos se ia tornando excessivo. — Achaste alguma coisa?

Pedro não respondeu logo porque a emoção demasiado forte o impedia de falar. Teve que fazer um esforço tremendo para emitir um único som.

— Sim!

Depois deu um salto para o chão e abraçou os outros louco de alegria.

— Achei! Achei! O tesouro está ali!

Chico, não menos satisfeito, pôs-lhe a mão no ombro.

— Agora digo eu: calma! Fala baixo, que lá em cima podem ouvir-te e não estou disposto a partilhar o tesouro com aqueles facínoras.

— O que é que a gente faz? — perguntou Mário de olhos a luzir. — Vamos já buscar a arca?

— Não — disse o Pedro. — Sozinhos não conseguimos. Precisamos de mais gente e de um escadote.

— Então e agora?

Nervosos como estavam, não era fácil elaborarem um bom plano. Chico continuava obcecado com a ideia de sair dali.

— O melhor é trepar pela corda, apanhar os homens de surpresa e dar-lhes uma valente surra.

— Estás-te a esquecer do meu irmão.

— Ah! É verdade.

— Temos que retomar a minha ideia inicial — propôs o Pedro. — Saímos da gruta, dizemos que já levámos o tesouro para outro sítio mas que estamos dispostos a negociar. Concordam?

— Eu concordo com tudo se me deixarem ir embora.

Num rompante, Chico atirou-se à corda com unhas e dentes e içou o corpo só com a força dos pulsos. Mário seguiu-o e pendurou-se também.

Com o peso os fios deram de si e a corda partiu-se ao meio. Eles caíram desamparados um por cima do outro. Junto ao tecto ficou a balançar um restinho de pontas esfiapadas.

— Agora é que eu não sei mesmo como é que a gente se safa! — exclamou o Pedro, consternado. — Os meus planos foram por água abaixo.

Ainda mal refeitos do tombo, foram surpreendidos por um ruído que vinha do túnel: «glub... glub... glub...». O que seria? Desta vez tratava-se de um desconhecido. Agora de onde vinha, como conseguira atravessar o túnel inundado e o que pretendia dali, era impossível adivinhar. Estupefactos, ficaram a olhar para ele um bom pedaço. Devia ter dezanove ou vinte anos, não muito alto, bem constituído. Vestia apenas calção de banho encarnado, trazia óculos de mergulhador e uma rede. Não perceberam de imediato por que motivo não lhes falou, mas os seus olhos enormes e expressivos sorriam como quem diz «olá». Depois explicou-se com abundância de gestos. E era tão vivo na forma de comunicar que entenderam tudo muito bem.

— Um pescador de lagostas surdo-mudo! Com esta é que eu não contava.

Momentaneamente esquecidos da situação em que se encontravam, viram-no atirar-se às poças dos recantos mais escuros e regressar satisfeitíssimo com belas lagostas e caranguejos que embrulhou na rede.

Julgando que eles tinham descido por uma corda para explorar a gruta como a rapaziada gosta de fazer e que a corda se partira, fez-lhes sinal

para que o seguissem. Hesitantes foram atrás. Mas chegados à beira do túnel acenaram que não. O pescador de lagostas riu-se e indicou o peito como quem diz: «É tudo uma questão de fôlego!» Para provar que não havia perigo, saiu e regressou enquanto o diabo esfrega um olho.

— Não temos alternativa — disse o Pedro —, ou vamos com ele ou ficamos aqui até que os italianos decidam procurar o Mário.

— Tive uma ideia — disse o Chico. — Oh, que rica ideia que eu tive!

— Então diz lá.

— Saiam vocês os dois. Tu, Pedro, procura as gémeas, o João e os cães, mas sem os italianos verem.

— E eu?

— Tu vais ter com eles, dizes que encontraste o tesouro, mas que é muito pesado para o carregares sozinho. E que como a corda se partiu, saíste por outro buraco.

— Para quê?

— Para convenceres o Morandi a vir cá abaixo contigo.

— E se o Domenico também quiser vir?

— Não pode, é muito gordo, não cabe na abertura.

— Está bem. E depois?

— Depois estou cá eu. Apanho-o de surpresa e amarro-o. Enquanto isto vocês atiçam o *Faial* ao Domenico, explicam-lhe que o amigo está preso e que só o soltamos se ele telefonar para Itália e der ordem para libertar o teu irmão.

— Isso é genial! — disse o Pedro. — Assim

negociamos o prisioneiro em vez de negociarmos a arca!

— Exacto.

O pescador de lagostas deixou-os falar à vontade sem interromper, supondo que debatiam o fôlego de cada um. Quando os viu dispostos a acompanhá-lo, encheu o peito de ar e mergulhou de novo, ágil e rápido como uma enguia.

— Boa sorte! — disse o Mário, antes de se atirar à água.

Chico viu-os ir com um aperto no estômago. Apetecia-lhe tanto abandonar a gruta e receber o sol em pleno na cara! Mas, corajoso com era, decidiu não deixar sequer que os outros percebessem o que sentia.

— Despachem-se! — pediu.

Mas o que pensava era um bocadinho diferente:

«Não me deixem sozinho muito tempo!»

Capítulo 19

Músculos e manha

O pescador de lagostas não assistiu ao encontro, porque tinha um bote à espera e seguiu à sua vida remando com vigor. Não viu portanto o assombro estampado na cara de todos quando frente a frente na praia constataram que só a Teresa se mantinha enxuta.

— O que é que vos aconteceu? Foram nadar vestidos?

— Olha quem fala!

— O Chico?

— Deixa-me contar — disseram várias vozes ao mesmo tempo.

— Íamos morrendo afogados.

— Também nós!

— Foi o *Faial* que nos salvou.

— Quando o Mário apareceu, senti uma alegria!

— E eu tive um susto.

— E eu? Quando vi a minha irmã desaparecer nas ondas?

— O pescador de lagostas é que nos ajudou a sair da gruta.

Quanto mais se explicavam, menos se entendiam. O que pôs ordem na algazarra foi, como não podia deixar de ser, o tesouro.

— Vocês acharam o tesouro? Palavra?
— Bom — disse o Pedro. — Pelo menos encontrámos uma arca antiga enfiada na rocha. Pode estar cheia de preciosidades ou de trapos velhos ou não ter nada lá dentro.
— E por que é que não a trouxeram?
— Primeiro porque é muito pesada. E depois porque temos um plano.

As gémeas e o João foram postos a par e escusado será dizer que concordaram com tudo. Faltava agora passar à prática, o que não era tão fácil como isso.

— Enquanto o Mário vai ter com os italianos, nós escondemo-nos aonde?
— O mais perto possível.
— E se desconfiam?
— Temos que arriscar.
— Ficamos de atalaia, talvez deitados no chão.
— O problema maior são os cães. Se começam a ladrar está tudo perdido.
— Vocês segurem bem o *Caracol*. Se for preciso atem-lhe um pano à volta do focinho.
— Não é preciso. Ele obedece.
— E o *Faial*?
— Com esse nem se fala. Vocês sabem muito bem que o meu cão foi treinado para me obedecer.
— Nesse caso, passemos à fase seguinte.

Mário partiu à frente. Os outros aguardaram alguns minutos e seguiram-no pela falésia indo abrigar-se num socalco onde crescia uma plantação de mandioca. As plantas eram altas, farfalhudas, o que permitia que ouvissem sem serem vistos! Mas como a conversa decorreu em italiano não perceberam grande coisa até ao momento em que Morandi atou outra corda num tronco de árvore e iniciou a descida.

— Conseguiu convencê-los!
— Ah! Grande Mário!

Domenico entretanto observava o amigo que desaparecia pela terra dentro, olhando ora para a cavidade escura ora para a corda para garantir que desta vez não haveria acidentes. Não reparou portanto nas miradas discretas que o rapaz lançava na direcção da mandioca onde lhe parecia vislumbrar a sombra dos amigos.

A certa altura, com os modos bruscos do costume, ordenou-lhe que seguisse Morandi. Para seu grande espanto, Mário, em vez de obedecer docilmente com ar assustado, levantou a cabeça e recusou-se acenando que não. Nos seus olhos bailava um brilhozinho de vitória. Domenico ficou possesso! Já levantava a mão para lhe dar uma estalada quando ele, ágil e despachado, o empurrou com toda a força gritando:

— *Faial*! *Faial*! Ajuda-me!

Estupefacto, o italiano viu surgir por entre as plantas um canzarrão feroz, felpudo, que se lançou sobre ele de dentes arreganhados. E atrás vinha um grupo de rapazes e raparigas que atiçavam aquela autêntica fera. Tentou fugir, mas não foi longe. Gordo como era, pesado e ainda por cima num terreno quase a pique, depressa caiu nas mãos dos seus perseguidores. As gémeas não conseguiram impedir-se de largar à gargalhada quando ele tropeçou e o *Faial* lhe pôs a pata em cima. O homem pôs-se a espernear, a gritar e não

era necessário perceber a língua para entender o que dizia.

— Tirem este cão de cima de mim! Tirem este cão de cima de mim!

Pedro inclinou-se para ele com um sorrisinho triunfante:

— O senhor vai fazer tudo o que eu disser...

Retomando o seu papel de intérprete, Mário traduziu. Domenico, de olhos fixos na dentadura afiada que tinha por cima, concordou logo. Daí a pouco sentava-se ao volante do jipe. Os rapazes iam atrás. *Faial* ao lado, para o que desse e viesse. As gémeas, o João e o *Caracol* ficaram apeados.

Enquanto isso, muita coisa acontecera dentro da gruta. Chico, impulsivo como sempre, nem deixou que Morandi pusesse pés no chão! Arrancou-o da corda com toda a força e torceu-lhe um braço atrás das costas como tinha visto num filme. O outro, atarantado, defendeu-se a pontapé e envolveram-se os dois à pancada. Murro daqui, joelhada de acolá, rebolaram para uma das poças de água. Aí o Chico encontrou um inesperado auxiliar. Não saberia dizer se se tratava de um caranguejo enorme, de uma lagosta ou de uma santola, só viu um bicho de carapaça vermelha cravar as pinças no nariz de Morandi que deu um verdadeiro uivo de dor e ficou agarrado à cara. O sangue escorria com abundância. Chico aproveitou para lhe atar as mãos e os pés com o pedaço de corda de que dispunha. Depois sentou-se, estafado. Tinha o cabelo e as roupas em desalinho. Sentia frio e calor ao mesmo tempo. As meias e os ténis ensopados não contribuíam nada para o seu bem-estar. O «prisioneiro» de vez em quando perguntava-lhe qualquer coisa, mas como ele não percebia palavra de italiano, encolhia os ombros.

«Oxalá não demorem muito!», pensou. «Onde é que estarão a esta hora?»

Estavam no telefone mais próximo. A ligação para Itália tinha sido rápida. Antes de deixarem que o gordo falasse, repetiram-lhe várias vezes:

— Não tente qualquer truque! Se quer tornar a ver o seu amigo, não tente enganar-nos.

O argumento era forte. E o cão não era menos. Assim, fingindo um grande à-vontade, Domenico comunicou aos cúmplices que estava tudo resolvido da melhor maneira ordenando-lhes que largassem Nelson à porta de casa. Depois ficaram ali à espera para dar tempo que ele chegasse junto dos pais. Quando lhes pareceu que era altura Mário ligou para casa. As mãos tremiam-lhe de emoção. E a voz também. Teve que fazer um esforço enorme para perguntar:

— Mãe? O Nelson está aí?

Do outro lado do fio o irmão arrancou o auscultador e gritou:

— És tu, Mário? Estás bem? Não te aconteceu nada?

Ambos tinham os olhos cheios de lágrimas e ambos tentavam disfarçar esmagando-as com as pontas dos dedos.

Pedro, comovido, virou-se de costas.

— Acho que o pior já passou. Vencemos a primeira etapa. Agora vamos à segunda, retirar o tesouro do esconderijo.

Capítulo **20**

Um final delicioso

Mal ele sabia que os outros já tinham dado início à grande escalada pela parte interior da gruta. Isto porque as gémeas e o João, cansados de esperar, resolveram ir ter com o Chico. Levaram o *Caracol* e desceram pela corda com a maior das facilidades. Quando se viram juntos, foi uma alegria!

— Não aguentava mais! — disse a Teresa.
— Nem eu.
— E quero ir ver a arca. Onde é que ela está?
— Naquele nicho ali acima. Tem uma caveira esculpida e duas tíbias — disse o Chico apontando numa certa direcção.

De nariz no ar seguiram-lhe os movimentos e foi João quem pediu:

— Deixa-nos subir aos teus ombros para darmos uma espreitadela.

Ele concordou. Fizeram de novo uma coluna humana. Primeiro a Luísa, depois a Teresa e no topo o João. Assim que pousou os olhos na velha arca soltou um ruído abafado:

— Oh! Que maravilha!

Como era muito leve e pequenino, não resistiu a fazer uma habilidade. Cravou as mãos na borda do nicho e içou-se todo lá para dentro.

— João! Onde é que vais?
— Afastem-se! — gritou lá de cima. — Afastem-se que eu tenho uma surpresa!

Os outros recuaram alguns passos.

O italiano observava-os sem saber o que pensar. De súbito ecoou pela caverna um estrondo ensurdecedor: «Crás! Baum! Baum!» Era a arca que o João empurrava com os pés e se precipitava lá do alto. O impacte foi tão forte que a terra pareceu tremer.

Ansiosos aproximaram-se e a desilusão foi total. A madeira estava reforçada com tiras de ferro. Fechaduras tinha três. Apesar da queda violenta, continuava intacta. Pela cabeça de todos passou então a mesma imagem: o pirata, fosse ele quem fosse, devia estar-se a rir no outro mundo! Imaginaram-no careca, de pala no olho às gargalhadinhas maldosas enquanto dizia com voz de cana rachada: «Queriam o meu ouro? Ah! Ah! Ah!»

— Chico! — chamou alguém pela abertura. — Está tudo em ordem?

Ele franziu o sobrolho e olhou para o tecto mas o fio de luz não lhe permitiu ver se era realmente o Pedro.

— És tu?
— Sou. As gémeas e o João?
— Estão aqui comigo. E o Mário? Correu tudo bem?
— Sim. Vou descer.
— Não desças.
— Hã?
— Temos uma caixa para te mandar.
— O quê?

— Já vais ver. Puxa a corda.

É que, como não conseguiam abrir a arca, tinham decidido suspendê-la na corda por uma pega lateral.

Pedro e Mário nunca conseguiriam içá-la sozinhos. Mas antes de regressarem, também eles tinham tomado as suas decisões. Pediram ajuda à polícia que enviou um carro com três homens, uma escada e ferramentas. Quando Domenico os viu, ficou assustado, pensando que vinham prendê-lo. Mas depois lembrou-se que não havia provas contra eles e serenou. Aliás, Pedro teve o cuidado de lhe dizer em voz baixa:

— Nós não faltamos à nossa palavra. Você cumpriu o prometido. Daqui a pouco está livre juntamente com o Morandi. Podem ir para onde quiserem. De preferência para bem longe.

Assim, foi um grupo bastante grande que viu surgir um baú das profundezas da terra. Os polícias não queriam acreditar.

— Nós viemos até aqui mas julgámos que se tratasse de uma brincadeira.

— Ou de um engano.

— E agora como é que se abre isto? Não tinha chaves?

— Não.

O mais novo retirou do coldre uma pistola.

— Se todos concordarem, rebentamos a fechadura a tiro.

— Com certeza — disse o Pedro. — Mas primeiro vamos içar os que estão lá em baixo. Faço questão de que estejam presentes quando saltar a tampa.

Esperaram portanto que o grupo se reunisse. Morandi apareceu de nariz inchado e uma expressão alucinada. Mas Chico decidira desamarrá-lo não fossem as autoridades pedir explicações que eles não queriam dar.

Domenico chegou-se para ele e falaram em surdina. Pareciam irritadíssimos. Depois, tal como os outros, ficaram a assistir ao rebentamento das fechaduras. O jovem polícia esticou o braço, premiu o gatilho e ouviram-se três detonações: «PAM! PAM! PAM!»

A tampa abriu-se. Lá dentro dormia há séculos um monte de pedras verdes, lindas, brilhantes. Eram esmeraldas das minas da América do Sul. Os piratas obtiveram-nas por certo no alto mar, atacando ferozmente o barco que as transportava para a Europa. Depois resolveram escondê-las a meio do caminho. E qualquer coisa os impedira de voltar ali a buscá-las.

Maravilhados, ajoelharam-se e cada um por sua vez quis enfiar as mãos nas pedras fazendo-as rolar como se fossem grãos de areia.

— Valem uma fortuna!

— Temos que comunicar a descoberta o mais depressa possível.

— Uma parte deste tesouro fica para o Estado. Outra parte é vossa — disse o polícia. — Sabem que por lei uma parte é de quem acha, não sabem?

Eles acenaram que sim, radiantes. Os rapazes já planeavam vender as suas esmeraldas para comprar uma moto. A moto mais sensacional do mundo! Quanto às gémeas, estavam indecisas.

Havia imensas coisas que queriam ter. Mas mesmo sem combinarem, ambas tinham decidido guardar pelo menos uma esmeralda para fazerem um anel. Mário, ainda desconfiado, observava os italianos de soslaio. Conhecia-os bem. Não eram homens para desistirem sem luta. E por que seria que cochichavam assim? A resposta veio logo de seguida. Domenico retirou do bolso os pedaços de mapa, mostrou aos polícias cabo-verdianos e disse na sua língua:

— Nós é que tínhamos os mapas. Nós é que achámos o tesouro. Temos direito a uma parte.

Os cabo-verdianos não entenderam o que ele queria e não ligaram muito. Ao lado de uma arca cheia de pedras preciosas, quatro bocadinhos de papel não tinham interesse nenhum. Mas o grupo ficou em pânico. Aqueles bandidos não podiam de forma alguma receber fosse o que fosse. Era o que faltava!

Domenico no entanto insistia:
— Está aqui o mapa. O tesouro é nosso!

Foi então que Mário decidiu representar o seu papel de intérprete mas de outra maneira. Chegou-se junto dos polícias e traduziu.

— Estes senhores ajudaram-nos muito. Foram eles que encontraram algumas partes do mapa que aqui nos trouxe.

— Ah! — disse o polícia. — Então também têm direito a uma parte.

— Não — respondeu o Mário, piscando o olho disfarçadamente aos amigos. — O que esse gordo lhe está a dizer é que não querem receber nada. Oferecem o seu quinhão de esmeraldas ao povo de Cabo Verde! Fazem questão de que o dinheiro obtido seja utilizado na luta contra a seca.

Tinham-se juntado entretanto vários homens, mulheres e crianças das aldeias em redor. Quando ouviram aquilo ficaram contentíssimos. Correram para junto de Domenico e Morandi, que pela segunda vez foram levados em ombros contra vontade.

Os polícias não perceberam por que motivo Mário e os amigos riam tanto!

— Não liguem! — disse a Luísa. — É nervoso!

— Nervoso miudinho.

— Não é todos os dias que se encontra um tesouro.

Chico e Pedro ajudaram a pôr a arca no jipe. O polícia mais novo parecia tão entusiasmado como eles. Sentou-se em cima da tampa e deu ordem de marcha. Arrancaram com grande chiadeira do motor porque o caminho era íngreme. De cabelos ao vento e um delicioso sabor a vitória no coração, partiram, dispostos a gozar ao máximo os últimos dias de férias!

O que é real nesta aventura

Para fazer este livro fomos a Cabo Verde. Partimos cheias de entusiasmo e curiosidade. E a aventura começou logo no avião. À nossa frente sentaram-se dois italianos com um aspecto estranhíssimo. Um deles era escanzelado, vestia de branco e usava jóias espampanantes! De camisa aberta, exibia sobre o peito um colar que devia ser de ouro maciço, ou pelo menos parecia. Levava também uma pulseira e vários anéis. Nunca tirou da cabeça os óculos escuros, colocados à maneira de bandolete. Quanto ao outro, era gordo, de feições inchadas como um boneco de borracha. Foram todo o caminho a pedir à hospedeira bebidas alcoólicas. De vez em quando um deles levantava-se e filmava o avião com uma câmara de vídeo.

Eram tão bizarros que ficaram logo seleccionados para bandidos.

Ao longo da viagem pelas ilhas cruzámo-nos com eles várias vezes mas nunca trocámos palavra. E ríamo-nos à socapa. Se soubessem que os íamos transformar em personagens de um livro de aventuras, talvez achassem graça. Ou então ficavam furiosos por desempenhar semelhante papel!

Aterrámos no aeroporto da ilha do Sal e aí mudámos de avião. A ligação interilhas é feita por aviões pequenos. Quando nos encaminharam para um aparelho de hélices que parecia um brinquedo, sentimos um calafrio! Toda a gente nos garantiu que era um meio de transporte seguríssimo. Caso os motores falhassem até podiam planar. A ideia de voar ao sabor do vento era perturbante, mas ao mesmo tempo consoladora. Acabaríamos por andar muitas vezes naquele tipo de avião, sem qualquer novidade. Iam sempre cheios de gente bem-disposta, mais cabo-verdianos do que turistas. Os naturais das ilhas gostam de circular pelo arquipélago no Verão. Quanto aos emigrantes, sempre que podem vão até lá ver a família.

São Nicolau

A primeira ilha que visitámos foi São Nicolau. A paisagem surpreendeu-nos desde o primeiro minuto. A pista de aterragem fica encaixada num vale entre montanhas altíssimas, castanhas de tão secas e pedregosas. Depois a estrada, serpenteando à beira de um precipício, levou-nos até à capital que se chama Ribeira Brava. Trata-se de uma vila pequena, com as ruas e as casas tão limpas que até dá gosto! Toda a gente era afável e simpática.

Talvez por ser um clima quente e seco, não vivem fechados dentro de casa. A qualquer hora havia bandos de rapaziada a circular. À noite reuniam-se num jardim com esplanada para conversarem e dançarem. Mesmo ao pé é costume porem uma televisão ao ar livre, para os mais novos verem o programa em grupo.

Além da Ribeira Brava, a ilha tem outra vila importante chamada Tarrafal, onde a população se dedica à pesca e à conserva de atum. Poucos quilómetros adiante há pequenas praias de águas límpidas, quentes, com grutas convidativas para descansar à sombra, porque o sol é tão quente que mesmo depois de um mergulho é difícil de aguentar. E não há alternativa, pois o sítio é deserto. Não há plantas, nem ruas, nem casas, nem nada! Ali tomámos um banho inesquecível, mas vimos apenas peixes de cores fantásticas, golfinhos (que ao princípio confundimos com tubarões) e duas cabras que apareceram não percebemos muito bem de onde.

Visitámos ainda um pequeno porto chamado Preguiça, de casinhas brancas e praias sem areia, cobertas de calhau rolado onde o mar ressoava com o bater das ondas. E a Fajã, que é uma aldeia inesperada, pois foi feita uma captação de águas subterrâneas que transformou aquela terra muito seca num campo verdejante. Pelo caminho encontrámos galinhas-mato e uma árvore que os europeus só conheceram na época das descobertas: o dragoeiro. Esta árvore do período Terciário é hoje rara no mundo.

Dragoeiro

Foram várias as pessoas que nos receberam e acompanharam. Mas só entrámos em duas casas: aquela em que nos instalámos, pois não há hotéis nem pensões; e a casa do Sr. Manuel Araújo.

Fomos lá para que nos contasse histórias. Falou-nos do tempo em que era criança e passava o dia no campo a enxotar corvos das plantações de milho e feijão. Das festas de Carnaval. Das festas religiosas e dos cânticos em que sempre participava: «As Divinas». E como não podia deixar de ser falou-nos nos problemas da seca. Recordou o cónego Bouças e as suas orações a pedir chuva. Recitou algumas. Talvez com excessivo fervor, porque no dia seguinte fomos apanhados por um ciclone. O aeroporto, completamente inundado, fechou. As estradas ficaram intransitáveis. As comunicações telefónicas foram cortadas. Chovia sem parar, o vento parecia louco, do alto das montanhas escorriam inquietantes ribeiras de lama. Felizmente só durou uma noite e um dia. Mas foi uma experiência violenta, sobretudo porque nos diziam que um temporal assim tanto podia durar umas horas como muitos dias!

Ribeira Brava — Ilha de São Nicolau

Para nós, a chuva foi um grande transtorno. Mas para a população, que esperava por uns pingos de água há vários meses, uma grande alegria. Muitos vieram para a rua dançar pouco se importando de ficarem encharcados. Quando abrandou, foram logo limpar as ruas. Não tardou que não houvesse qualquer vestígio das pastas de lamas e que a Ribeira Brava se apresentasse tão limpinha e arranjadinha como sempre.

São Vicente

A segunda ilha que visitámos foi São Vicente. Também ali se fizera sentir o ciclone. Havia plantas e árvores arrancadas pela raiz e, como depois da tempestade veio logo o calor e a ilha é ventosa, a lama transformou-se rapidamente em nuvens de poeira castanha. Mas valeu a pena ir até lá. A cidade chama-se Mindelo e é muito bonita, com casas antigas características, uma linda enseada e montes rochosos com formas estranhas. Um deles parece ter no topo a cara de um homem a dormir, por isso lhe chamam Monte Cara.

*Praça principal da cidade do Mindelo —
ilha de São Vicente*

Por tradição, a ilha de São Vicente é a mais divertida. Há cafés, restaurantes, bares e discotecas, e além disso é costume dar festas em casa. Depois de jantar, as pessoas vestem-se muito bem e encontram-se com os amigos numa grande praça central que tem jardim, um hotel e vários cafés. E a noite prolonga-se ou em discotecas ou em casas particulares.

São famosos os festejos de Carnaval. E está a tornar-se também famoso o Festival da Baía das Gatas, onde participam artistas cabo-verdianos e estrangeiros.

Santo Antão

Para Santo Antão viajámos de barco. É uma travessia rápida e agradável pelo menos nos dias em que o mar está calmo.

Desembarcámos em Porto Novo, onde apanhámos uma camioneta para a capital, que se chama Ribeira Grande e fica do outro lado da ilha. Atravessar Santo Antão não é brincadeira. Primeiro sobe-se, por montes secos cortados por desfiladeiros profundos onde não se vê um único pé de verdura. Depois, lá em cima, a paisagem muda. Sendo mais alto e mais fresco surge a vegetação. Há pinheiros, cedros, abetos. A descida faz-se por uma estrada que tem alguns troços a pique sobre as ravinas sem fim. Impressionante, pelo menos para quem desce pela primeira vez. Ainda há pequenas aldeias com casas de pedra cobertas de colmo, como as do Astérix.

Ribeira Grande é uma vila antiga à beira-mar, com uma população tão acolhedora que quando chegam estrangeiros e não há lugar nas pensões oferecem logo a sua casa com a melhor boa vontade!

As praias não têm areia, apenas calhaus negros, redondos, que transformam a rebentação numa música estranha.

Visitámos pequenas aldeias, como o Paul, a Sinagoga, a Passagem. E admirámo-nos de ver agricultores fazerem sementeiras nos locais mais incríveis! As encostas são tão íngremes que parece impossível que se possa lá subir, quanto mais cavar a terra e plantar seja o que for.

É por esses caminhos difíceis que muitas crianças andam quilómetros para ir à escola. Algumas chegam a fazer quinze quilómetros por dia. Mas não são os pais que as obrigam. Elas é que pedem para ir e em certos casos são os melhores alunos, conforme nos contou o professor Pinto.

Da estada em Santo Antão ficaram-nos duas recordações muito fortes. O fim da tarde passado em casa de Lineu Miranda. Mostrou-nos um jardim que parecia saído de um livro de contos maravilhosos! Era pequeno, com muro a toda a volta e não tinha nada do que é costume terem os jardins. Nem flores, nem canteiros, nem relva. Apenas bananeiras enormes, gordíssimas, muito juntas, carregadinhas de cachos descomunais. Lá dentro sentimo-nos qualquer coisa de semelhante a um anão da floresta ou ao pequeno polegar. Depois ficámos à conversa enquanto o dia ia desaparecendo serenamente. Lineu contou histórias de quando era pequeno e percorria a sua ilha no lombo de um burrico ou de um macho. Falou de figuras da terra, de tempos antigos e de como se sente feliz agora de viver ali. A sua casa está sempre aberta para os amigos. Lá encontrámos um casal alemão. Ele é médico e tinha trabalhado alguns anos antes em Cabo Verde. Nessa altura nasceram-lhes dois filhos e ainda adoptaram mais uma menina cabo-verdiana. Tinham vindo passar férias com o seu velho amigo, a quem as crianças tratam por avô Lineu.

Esta foi uma experiência suave, cheia de ternura. A outra seria assustadora porque é costume fazer uma partida aos visitantes — levá-los às Fontainhas sem prevenir como é o caminho. E o caminho é de deixar uma pessoa sem pinga de sangue. A estrada parte da Ponta do Sol. É exactamente da mesma largura de um carro normal, muito estreita, portanto. De um lado fica a montanha, do outro um precipício sobre o mar. E o carro avança com mil cautelas, pois se as rodas resvalarem alguns centímetros, vai esborrachar-se lá em baixo. Subir é pavoroso. Descer ainda é pior! Não admira portanto que os turistas geralmente gritem a pedir por tudo para voltar para trás, o que não é possível pois não há onde dar a volta! Se por acaso vier outro carro em sentido contrário, a única solução é um deles fazer o percurso às arrecuas.

Fontainhas — ilha de Santo Antão

Chegando às Fontainhas, a paisagem é deslumbrante. Tem lá ao fundo uma praiazinha muito própria para piratas, que não resistimos a incluir na história. Mas a pessoa demora o seu tempo a refazer-se do susto. Nós só nos recompusemos completamente quando, de volta à Ponta do Sol, fomos tomar café. Foi aí que conhecemos António, um pescador de lagostas surdo-mudo, que se explicava tão bem por gestos como se falasse. Usava sempre calções encarnados porque era do Benfica e conhecia em pormenor a vida dos jogadores e dos clubes de futebol portugueses. Para se apresentar, escreveu o nome no próprio braço, utilizando um pau de fósforo. Também não resistimos a incluí-lo na história.

Ponta do Sol — ilha de Santo Antão

Santiago

Santiago é uma ilha muito bonita. A capital tem um nome invulgar: Praia ([1]). As primeiras casas foram construídas por volta de 1516, num planalto à beira-mar com uma vista magnífica a que toda a gente chama *Plateau*. Ali, os habitantes podiam mais facilmente defender-se dos ataques dos piratas: só no século XX é que a cidade cresceu escorrendo pela encosta até ao mar. Hoje tem muito movimento. É a sede de Governo, das embaixadas, há hotéis, restaurantes, *boîtes*, zonas de comércio.

Praia do Tarrafal — ilha de Santiago

([1]) O nome desta cidade foi em tempos «Vila da Praia de Santa Maria».

A ilha é muito acidentada. No interior erguem-se montanhas de picos aguçados cortadas por grandes vales e planaltos tão nítidos que se parecem mais com uma maqueta destinada a explicar aos estudantes o que é um planalto do que uma paisagem real.

A costa tem várias praias. Achámos especialmente bonita a do Tarrafal, com areia branca, fina, mar morno, coqueiros e palmeiras. Por entre as árvores há uma série de pequenos *bungalows* para alugar. E sobre a falésia uma esplanada onde servem mariscos e peixe acabadinho de pescar. Sur-preendeu-nos o tamanho do atum. Era enorme.

Um ponto de passagem obrigatório é a Cidade Velha. Quando a pessoa se aproxima tem uma sensação estranha. É como se além de conhecer outro espaço, ficasse a conhecer outro tempo. As casas foram construídas à beira-mar na entrada de um vale profundo coberto de vegetação tropical. Em volta erguem-se montanhas cada vez mais altas de terra vermelha e seca.

Cidade Velha — ilha de Santiago

Foi ali que se instalaram os primeiros colonos há mais de quatrocentos anos, decerto atraídos pelas condições que o porto oferecia às caravelas e às naus. Construíram casas e igrejas, cultivaram a terra e baptizaram a sua vila com o nome de Ribeira Grande. Aquele lugar depressa se tornaria importante por se encontrar no cruzamento das rotas marítimas do Atlântico. E por isso mesmo os seus habitantes não tiveram sossego. Piratas e corsários conheciam melhor do que ninguém os caminhos do mar, e muitas vezes assaltaram e saquearam aquele porto privilegiado. Chegaram até aos nossos dias notícias sobre actos de pirataria praticados por homens de várias nacionalidades. Os relatos mais completos contam a história de Sir Francis Drake e de Jacques Cassart.

Sir Francis Drake, corsário ao serviço da rainha de Inglaterra, atacou em 1585 com seiscentos homens, e deixou a cidade em tal estado que

Forte da Cidade Velha — ilha de Santiago

depois disso se construiu um forte de que ainda hoje podemos ver as muralhas, as ruínas e alguns canhões. Foi depois da passagem de Drake que a cidade da Praia começou a ter mais importância, pois oferecia melhor defesa. Mesmo assim não era suficiente pois, em 1712, Jacques Cassart, corsário francês, atacou exactamente por ali. Tinha com ele doze navios de guerra. Desembarcou na Praia, onde os habitantes não puderam oferecer resistência. Depois marchou para a Cidade Velha, onde a população assistiu a um espectáculo insólito — a chegada dos piratas não pelo mar, mas pela terra. Também não ofereceram resistência. Cassart, ganancioso como era, não se limitou a roubar casas e igrejas. Pensando que havia tesouros escondidos, esburacou nos campos cultivados e nem sequer respeitou túmulos. Furioso por não encontrar nada vingou-se com actos de malvadez. Incendiou casas, quintas, a residência do bispo e a sua biblioteca.

Mesmo antes de saber estas histórias, basta pôr um pé na Cidade Velha para uma pessoa se sentir envolvida por uma atmosfera carregada de aventuras. O tempo deixou as suas marcas. É como se as rochas, as ruínas, o velho pelourinho, as árvores centenárias, nos quisessem contar as cenas que presenciaram ao longo dos séculos. É tão emocionante contemplar um tufo de coqueiros, as lajes de pedra, o que resta da catedral, como transpor a entrada da torre sineira e dar de caras com imagens antigas, caixotes de azulejos lindíssimos e objectos sacros que ali dormem há muito cobertos de poeira. Impossível não os incluir na história!

*Imagem de Santiago guardada na torre sineira
da Cidade Velha*

Impossível também não incluir o antigo fortim de onde se avista a ilha do Fogo, com o seu recorte de vulcão. O pôr do Sol sobre o mar é bonito de mais. Reflexos vermelhos e dourados espalharam-se sobre a água e a superfície foi tomando mil tonalidades diferentes até nos fazer esquecer que o mar é azul. Uma neblina, primeiro esparsa e depois espessa, envolveu a ilha do Fogo e fê-la desaparecer como por encanto. Foi inútil tirar fotografias. Nenhum pôr do Sol se deixa apanhar. O que fica na película não se compara nunca com o modelo real. O pôr do Sol é lindo mas não é fotogénico.

Em Santiago tivemos oportunidade de conhecer e conversar longamente com três jovens cabo-verdianos: Leida, Nancy e Yuri. Todos nos deram informações preciosas sobre a sua terra e a sua gente.

Fogo

Uma coisa são ilhas de origem vulcânica. Outra é o próprio vulcão. A ilha do Fogo é um vulcão. A forma é um cone quase perfeito. Lá no alto, emergindo da velha cratera extinta, há uma chaminé mais nova, cuja bocarra ainda está capaz de cuspir uma papa de rochas líquidas incandescentes. Casas, quintas, estradas, povoações, fica tudo na encosta do senhor vulcão. Excepto uma, que se anicha na própria cratera.

Quem nunca lá foi, pode pensar «como é que as pessoas não têm medo de viver ali?». Mas quem conhece a ilha, entende. Embora seja impossível esquecer que o fogo do interior da Terra pode lembrar-se a qualquer momento de sair por aquela abertura, embora a ilha esteja marcada de alto a baixo por grandes riscos negros, que assinalam a passagem da lava na última erupção, nenhuma outra é tão aconchegada e acolhedora! A atmosfera é luminosa, e da terra, das pessoas, das coisas desprende-se uma espécie de alegria vital que nos envolve. Porque as relações com um vulcão não são simples. Atraem e repelem. Ao comum dos mortais provocam medo, admiração, fascínio. Aos que lhe pertencem, suscitam também orgulho e até amor. Tal qual um velho gigante rico e poderoso, quase sempre meigo mas com fúrias ocasionais.

Compreende-se que os colonos ali se tenham fixado, apesar de muitos acreditarem que a cratera era uma das portas do inferno e o ruído das erupções resultado do movimento do diabo e das almas penadas.

A última erupção

A última erupção foi em 1951. Ainda há muita gente viva que assistiu. O Sr. Artur Andrade é um deles e contou-nos como foi:

Durante três dias a terra tremeu. Naquela manhã, entre as onze e o meio-dia, ouviu-se um grande estrondo e toda a gente pensou que o mundo ia acabar. Depois começou a sair fumo e lava e a terra parou imediatamente de tremer. Fugimos todos para a Igreja de Nossa Senhora da Conceição. Ali passámos o dia. Nessa noite vimos uma luz, como se houvesse um farol do outro lado da ilha, porque a lava escorria pelo monte, mas como escorria devagarinho deu tempo para evacuar algumas povoações. Depois, à medida que a lava ia chegando ao mar e mergulhava na água, apagava-se com muito fumo e um ruído assim: «Ffff...»

São Filipe é a capital. Uma cidade linda de ruas empedradas, amplas, limpíssimas. As casas antigas têm uma particularidade. Basta olhar para a fachada e ficamos a saber qual a terra de origem do colono português que a mandou fazer. Algumas são de dois pisos e grande varanda exterior com balaustrada à maneira do Douro e Trás-os-Montes. Outras, de remates geométricos e tons suaves, lembram as do Algarve.

Igreja de São Filipe na cidade de São Filipe — ilha do Fogo

A população orgulha-se da sua cidade, por isso trabalha para que esteja impecável. As autoridades procuram ajudar os proprietários de casas antigas a mantê-las com as características originais, tanto por fora como por dentro, o que não é fácil porque se torna caro restaurar materiais e integrar o conforto sem destruir os testemunhos do passado. Mas vale a pena.

São Filipe foi construída de tal forma que dificilmente se encontra um sítio sem vista para o mar. E que vista de sonho! Sobre as águas repousa, nem demasiado perto nem demasiado longe, a ilha Brava. Pequena, rochosa, elegante, com o seu chapelinho de nuvens esbranquiçadas. É uma companhia serena, simpática.

Apetece deambular ao acaso e foi o que fizemos. Para onde quer que uma pessoa se volte tem a mesma sensação de paz, muito fresca e colorida. Subimos também à velha cratera extinta para vermos de perto o vulcão. Viajámos numa camioneta de caixa aberta com bancos corridos a servir de assento. Connosco ia um grupo de jovens campistas que tencionavam subir à chaminé e pernoitar mesmo dentro do vulcão. Ao pé deles o ambiente transformou-se em algo muito parecido com um capítulo das histórias que costumamos inventar. Não faltavam as mochilas gordas, os sacos de mantimentos, a expectativa de quem vai realizar uma proeza invulgar, muita alegria e entusiasmo à mistura com algum medo. Não faltava sequer o cão. Rafeiro, de pêlo cor de mel, pertencia ao motorista e quis ir também.

Como nessa manhã estava enevoado, receámos não ver grande coisa. Mas o monte é altíssimo e tivemos a grata surpresa de atravessar as nuvens e descobrir lá no alto um dia lindo de sol. Outra surpresa seria a povoação que existe na cratera.

Chama-se Chã de Caldeiras, e é um aglomerado de casas todas feitas de pedra, algumas ainda cobertas de colmo. As pessoas são amáveis e gostam de receber visitas. Deram logo todo o apoio necessário aos campistas e foram chamar o guia que os havia de levar ao topo do vulcão. Era um rapaz magro, rijo, de grandes olhos verdes. Nasceu ali e tinha apenas dez anos quando resolveu procurar o melhor caminho naquela encosta difícil de subir. A escalada demora bem cinco horas. Não nos atrevemos a acompanhá-los e regressámos à cidade, contentes com o passeio. Estava completa a nossa estada no Fogo, depois daquela visita ao «Grande Senhor Fumegante».

O «Grande Senhor Fumegante» — ilha do Fogo

Sal

A ilha do Sal foi vista apenas de relance. Uns momentos à chegada, algumas horas no regresso. Guardamos dela imagens fugidias mas tentadoras. Que sítio magnífico para fazer turismo! As praias são longas, o areal imenso, o mar convidativo para desportos náuticos. Os estrangeiros mostravam-se satisfeitos com a pele dourada pelo sol e o ar repousado de quem está a passar férias excelentes.

O nome das ilhas

O arquipélago de Cabo Verde tem dez ilhas. Não pudemos falar de Maio, Boavista e Brava porque não fomos lá. Quanto a Santa Luzia é uma ilha deserta. Só barcos de recreio ou pescadores desembarcam por vezes na sua costa.

As ilhas têm nomes de santos, porque era costume os navegadores baptizarem as terras que encontravam com o nome do santo desse dia.

É o caso de São Nicolau, Santa Luzia, São Vicente, Santo Antão, Santiago. É também o caso de Fogo, que começou por se chamar São Filipe, e Boavista, que começou por ser São Cristóvão. Quanto à ilha de Maio, tem este nome para lembrar o mês em que foi descoberta. Sal de início foi conhecida por Lhana, que quer dizer plana. Quando se verificou que tinha sal em abundância mudou de nome.